綠野仙蹤

萊曼‧法蘭克‧包姆 著

李毓昭 譯

晨星出版

本書獻給我的好朋友兼夥伴──我的妻子。

序言

　　不論是在什麼時代，民間傳說、鄉野傳奇、神話和童話故事始終與童年密不可分，因為每個健康的小孩都本能地熱愛幻想的、神奇的，以及明顯非屬現實的故事。對童稚的心靈來說，格林和安徒生童話中有翅膀的仙女所帶來的樂趣比其他人類的發明還大。

　　然而，舊有的童話故事歷經許多世代的傳遞，目前可能已在兒童圖書館被歸類為「歷史」。現在該是推出一系列新式「神奇故事」的時候了，裡面不需要有刻板的精靈、侏儒和仙女，也必須刪除所有令人驚懼膽寒、由作者設計出來為每一則故事導出可怕教訓的情節。現代的教育已將道德包含在內，現代的小孩只想在神奇的故事中尋求欣喜，也樂於豁免所有不愉快的情節。

　　抱著這樣的想法，我寫下《綠野仙蹤》，純粹只是為了讓現在的小孩從中得到快樂。這是一篇現代的童話故事，裡面保留了驚奇和喜悅，但是刪去了傷痛與夢魘。

萊曼・法蘭克・包姆
芝加哥，一九〇〇年四月

CONTENTS

又遠又近的追尋之路 ／林美蘭

　　好久好久以前，有個名叫桃樂絲的女孩跟一隻叫托托的小狗，連著房子被一陣胡亂吹的龍捲風吹到了陌生的神奇國度——奧茲王國，為了找尋回家的路，她一路冒險也接連解救了想要有腦袋的稻草人、渴望有顆心的錫樵夫與尋找勇氣的膽小獅子，成為她旅途的夥伴。

》》單純之心的冒險故事

　　這故事正是大家耳熟能詳的《綠野仙蹤》（The Wizard of Oz），即使你不知道故事的名字，也會記得那隻叫托托的約克夏狗、稻草人、錫樵夫與膽小的獅子，以及那位叫桃樂絲的女孩，還有美麗奇幻的奧茲王國。

　　桃樂絲的經歷或許會讓人想起格林童話韓森與葛蕾特的故事，不論媽媽如何想要遺棄他們，他們仍想辦法記住回家的路，雖然森林盡頭的糖果屋魅惑了兄妹，但是他們仍沒忘吃飽了要找回家的。回家，是小孩很單純的想法，不論大人如何對不起他們，玩過後，小孩終究還是想要回家的。作者法蘭克‧包姆緊抓住了這樣單純的念頭創作了小孩尋找回家的路的冒險故事。作者企圖給桃樂絲的誘惑，除了讓她來到有別於堪薩斯

老家的荒涼沙漠的美麗奇幻奧茲王國，還有意外獲得讓她足以成為偉大女巫的魔鞋與魔法帽，大家都要她留下來別再回去荒涼的沙漠，當奧茲偉大又好心的偉大女巫。但是桃樂絲很堅持要找到翡翠城裡的偉大巫師——奧茲，幫助她找到回家的路，雖然終究是一場大騙局，偉大的巫師只不過是一個不會魔法的大騙子，桃樂絲仍然不放棄回家。最後大家才驚訝的發現，原來桃樂絲要回家其實是很容易的，那個因為意外壓死女巫而獲得的魔法鞋其實是可以帶她到任何地方的，她如果知道魔法鞋的偉大魔法，她在到奧茲王國的第一天就可以回家了。桃樂絲最後靠著那雙魔法鞋終於回到了堪薩斯老家。

故事的結局真是讓人大嘆一口氣，原來要回家是那麼容易，但是桃樂絲卻繞了那麼一大圈。正如想要腦袋的稻草人、渴望一顆心的錫樵夫與尋找勇氣的膽小獅子，其實他們花費一番功夫所祈求的早已具備在他們身上。

其實，事情一直都很簡單，如果沒有親身尋找體驗，就不覺得彌足珍貴，或許也不會發現自己本來就具備的東西。西方有漂鳥精神，藉由浪遊在自然中找尋生活真理、歷練生活能力。這樣的漂鳥浪遊，似乎也展示在桃樂絲尋找回家的經歷中。《綠野仙蹤》除了展現作者的奇幻想像力，故事裡的桃樂絲、稻草人、錫樵夫、膽小獅子單純的尋找信念，也跳出文字框架，向每一位讀者投射出令人堅強的漂鳥精神。

》》意外的「桃樂絲情結」

1900年出版的《綠野仙蹤》，1939年拍成了電影，成了家喻戶曉的故事，意外的成為了美國二次大戰時期的憂慮與想望。即使來到了二十一世紀，桃樂絲找尋回家的路的故事仍然是美國觀眾最重要的共同記憶。這或許真的只是一個意外，但這的確真實的反映出人類最單純的願望：家。自從美國加入二次大戰戰局後，這個「尋找回家的路」的「桃樂絲情結」，蔓延在美國人的心裡，當時的美國人無不希望自己或是在戰場的親人能像桃樂絲一樣找到回家的路；故事裡的好女巫、壞巫婆，似乎也在無心中成了當時侵略者或參與戰爭的領袖們的象徵。大家想要結束戰爭的焦慮，讓「桃樂絲的追尋」成了美國人的夢想和希望寄託。或許大家都期望著，看來遠在天邊的回家的路，應該跟桃樂絲回堪薩斯的路一樣，近在眼前：魔鞋就穿在自己的腳上。

激起美國人的「桃樂絲情結」，想當然爾一定不會是作者掌握中的結果，但是他希望創作一個真正屬於美國的童話，就像丹麥有安徒生、德國有格林兄弟，或是英國有彼得兔、愛麗絲。除卻「桃樂絲情結」投射，美國人對《綠野仙蹤》喜愛，世界各國對《綠野仙蹤》的熟悉也不下於美國，這情況，該是作者夢想的成真吧！美國國家圖書館將這書列為經典保藏，不就說明了這現象：丹麥的安徒生童話、德國的格林童話、英國的彼得兔、美國的綠野仙蹤？

《綠野仙蹤》的作者法蘭克‧包姆（Lyman Frank Baum 1856－1919），創造桃樂絲的故事，正如他在序言中所談到的，要創造一個沒有教化，只有歡笑的世界，他單純的只是想為擁有年輕心靈的人而寫。後來的意外發展，絕不是他當初的偉大設想！但是，他的創作初衷，為擁有年輕心靈的人而構築的歡樂世界，確實是引發了強烈的共鳴，看看《綠野仙蹤》在世界各地老少咸宜的熱烈回響著，你不得不承認他的確有這樣帶來歡樂的魅力，而且更具有誘發年輕心靈的吸引力。

那，《綠野仙蹤》的作者法蘭克‧包姆到底有著怎樣的經歷，可以構想出如此神奇的奧茲王國呢？

法蘭克‧包姆，1856年出生於紐約州靠近雪城的Chittennango小鎮（現在這個小鎮還有座以法蘭克‧包姆為名的紀念博物館）。或許是從小體弱多病，沒法多往外闖，於是包姆常常以想像力讓自己奔跑在自己虛構的內心世界。十二歲那年，他的父母因為他體弱又愛做夢所以把他送進軍事學校，想藉由嚴格的訓練讓他變堅強。經過兩年的軍事教育，因為一次的心臟病發，他的父母只好接他回家。

包姆一直都喜愛讀書與創作，年少時期就開始讀報、閱讀雜誌，對於印刷出版也是很感興趣。在他回家後，父親就買了印刷機給他，於是他開始在家中發行地方報紙以及

出版自己的創作。在他結婚前，他出版過與園藝相關的雜誌、集郵書，還跟朋友一起做買賣郵票的生意，出版過「The Maid of Arran」音樂劇，以及從事舞台劇演出，他還養過雞，甚至寫了本教人如何養雞的養雞大全。包姆的一生光是談到這裡，就覺得夠奇幻精彩了，應該可以稍稍理解他何以能寫出奧茲王國這樣的作品了。

1882 年包姆與Maud Gage結婚。1887年，父親去世，他們一家人跟著妻子家族搬到南達科達州的亞伯丁，經營名叫「Baum's Bazaar」的雜貨店。由於他一副慈善心腸，讓客人賒帳太多，店很快的就關門大吉。不過，也因為開這個店，讓他有了不少說故事的機會，常有小孩在他店裡門口等著聽他天馬行空的美麗故事。倒店後，他在一家地方週報「亞伯丁星期六先鋒報」工作。

1891年，報社倒閉後，他帶著全家搬往芝加哥，此時，他在晚報工作，同時也擔任一家瓷器公司的旅行推銷員。在他出差遠行時，在旅途中，或許是時間漫長，他又開始發揮了愛做夢的特點，虛構許多故事，回家說給孩子聽。小時候他愛做夢，當成為人父時，他也做夢，但是更愛說故事了。他一直朝著為構築「年輕心靈的樂園」的夢想前進著。

1897年，他與插畫家Maxfield Parrish合作出版了第一本童書《鵝媽媽故事集》（Mother Goose in Prose），將鵝媽媽童謠改編成小孩都能聽懂的淺顯故事，書的銷況頗佳，讓他有信心

往此發展，而結束了他原來報社與推銷員的工作。接著在1899年他與另一位插畫家 William Wallace Denslow 合作，出了童謠集《鵝爸爸的故事書》（Father Goose, His Book），成為當年銷售第一的童書，這一鳴驚人的成績，也讓他從此正式立足文壇，閃亮發光。

一年後，1900年，《綠野仙蹤》（The Wizard of Oz）誕生了，成為連續兩年美國最暢銷的童書。這故事還改編成音樂舞台劇，巡迴世界演出，在1902到1911年間，在百老匯演出了將近三百場。奧茲王國塑造成功，他夢想的歡笑世界大受歡迎。1904年，第一本續集出版，之後更在小讀者的催促下，他以奧茲王國為題，陸續完成了十四本奧茲故事。其實，在創作《綠野仙蹤》之初，他沒想過要寫續集，但他美麗的歡樂世界讓人著了魔，小讀者不斷詢問「後來呢」，原來就好心腸的他就繼續把故事說下去，才有這麼龐大的奧茲王國。而人們彷彿永遠也聽不膩奧茲王國的故事，而他，就理所當然的被譽為「奧茲王國的皇室歷史家」。

奧茲受歡迎的程度，並未在包姆1920年過世後有冷卻的跡象，他所播撒的年輕之心，讓奧茲故事似乎永遠說不完，奧茲勢力一直在延伸，不論是與奧茲相關的創作，或是改編而成的電影、漫畫、繪本、卡通，我們一直都看得到奧茲王國，一直都記得桃樂絲、托托、稻草人、錫樵夫、膽小獅子。奧茲之路，又近又遠。

》》 與法蘭克・包姆以及奧茲王國的更多接觸：

■ 法蘭克・包姆生平介紹網頁

http://www.library.utoronto.ca/utel/authors/bauml.html

■ 法蘭克・包姆紀念博物館網站

http://www.baumozmuseum.com/index.html

■ 奧茲王國官方網站

http://www.ozclub.org/

■ The Land of Oz綠野仙蹤奧茲國

http://www.geocities.com/ozlandtw/

》》 速記法蘭克・包姆

1856年	出生於紐約雪城附近的 Chittennango小鎮。
1881年	出版音樂劇 The Maid of Arran。
1882年	與Maud Gage結婚。
1887年	1月1日父親去世，舉家遷往南達科達州的亞伯丁。
1891年	移居芝加哥，同時任職當地晚報記者與瓷器公司的旅行推銷員。
1897年	與插畫家Maxfield Parrish合作，出版《鵝媽媽故事集》。
1899年	與插畫家 William Wallace Denslow合作，《鵝爸爸的故事書》。
1900年	與插畫家 William Wallace Denslow合作，《綠野仙蹤》（The Wizard of Oz）出版。

1902年	與William Wallace Denslow等人合作，成功推出綠野仙蹤音樂舞台劇。
1904年	出版《奇妙的奧茲王國》（The Marvelous Land of Oz）。
1907年	出版《奧茲王國的奧茲瑪》（Ozma of Oz）。
1908年	推出Fairylogue and Radio-Plays，第一部綠野仙蹤影片。
1908年	出版《桃樂絲與奧茲王國的偉大巫師》（Dorothy and the Wizard in Oz）。
1909年	出版《通往奧茲王國的林蔭大道》（The Road to Oz）。
1910年	移居加州好萊塢，居住所是聞名的奧茲小屋（Ozcot）。
1910年	出版《奧茲王國的翡翠城》（The Emerald City of Oz）。
1913年	出版《奧茲王國的拼布女孩》（The Patchwork Girl of Oz）。
1914	成立 the Oz Film Manufacturing Company（奧茲影片製作公司）。
1914年	出版 小小綠野仙蹤系列（Little Wizard Stories of Oz）。
1914年	出版《奧茲王國滴答鐘》（Tik-Tok of Oz）。
1915年	出版《奧茲王國的稻草人》（The Scarecrow of Oz）。
1916年	出版《奧茲王國的平克提克》（Rinkitink in Oz）。
1917年	出版《奧茲王國失落的公主》（The Lost Princess of Oz）。
1918年	出版《奧茲王國的錫樵夫》（The Tin Woodman of Oz）。
1919年	出版《奧茲王國的魔法》（The Magic of Oz）。5月5日，包姆逝世。
1920年	出版遺作《奧茲王國的格琳達》（Glinda of Oz）。

第1章　龍捲風

　　桃樂絲與當農夫的亨利叔叔、艾姆嬸嬸住在堪薩斯的大草原上。他們的房子很小，因為搭建的木材必須用馬車從許多公里外運過來。屋子是用四面牆壁和地板、天花板圍成一個房間，裡面有一個看起來很破舊的爐子、一個裝碗盤的櫥櫃、一張桌子和三、四把椅子，還有兩張床。亨利叔叔和艾姆嬸嬸的大床在一個角落，桃樂絲的小床則在另一個角落。這間屋子沒有閣樓，也沒有地窖——除了一個在地上挖出的小洞，稱為「龍捲風地窖」，萬一刮起大旋風，強烈得足以摧毀在它路線上的房屋時，這家人就可以躲到裡面去。地板中間有個活門，從那裡沿著梯子走下去，就可以進入那幽黑的小洞。

　　桃樂絲站在門口張望時，除了四面八方灰色的大草原，什麼也看不見。不論是哪個方向，都沒有一棵樹或房屋遮擋直達天際的遼闊平原。太陽把田地曬成灰暗的土塊，上面佈滿了微小的裂痕。連草都不是青色的，因為太陽把長葉片頂端烤成了和舉目所見沒有兩樣的灰色。這棟房子曾經油漆過，可是太陽把油漆曬得起泡，雨水又將漆料沖刷掉，現在房子也變得和其他東西一樣灰暗。

艾姆嬸嬸剛來這裡生活時，還是個年輕貌美的妻子。太陽和風也讓她變了模樣，帶走了她眼中的光芒，留下清冷的灰暗，同時使她的臉頰和嘴唇失去紅潤，留下相同的灰暗。她現在枯瘦憔悴，已經都不笑了。孤兒桃樂絲剛來到她這裡時，艾姆嬸嬸就被這孩子的笑聲嚇了一跳，每次聽到桃樂絲快樂的聲音，她就會尖叫，把手按在胸前。她仍然會以驚奇的目光看著這個小女孩，懷疑她竟然找得到好笑的事。

　　亨利叔叔從來都不笑。他從早到晚都在賣力工作，不曉得快樂是什麼。他的人也是黯淡無光，從長鬍鬚到粗糙的靴子都是，而且看起來很嚴肅，很少說話。

　　是托托把桃樂絲逗笑的，讓她免於變得和四周一樣灰暗。托托是一隻黑色的小狗，有柔軟的長毛，還有小小的黑眼睛在牠滑稽的小鼻子兩旁愉快地閃爍。托托整天都在玩，桃樂絲也就陪著牠玩，桃樂絲非常愛牠。

　　然而，今天他們並沒有一起玩耍。亨利叔叔坐在門階上，憂慮地望著比平常更灰暗的天空。桃樂絲抱著托托站在門口，同樣仰望著天空。艾姆嬸嬸正在洗碗盤。

　　他們從遙遠的北方聽到低沈的風聲，亨利叔叔和桃樂絲看見長長的草在暴風雨來臨前彎下來形成波浪。這時有尖銳的呼嘯聲從南方傳來，他們移動視線，看到草上的漣漪也是來自那個方向。

　　亨利叔叔突然站起身。

「艾姆，龍捲風要來了，我要去照顧牲畜。」他對妻子喊著，就跑到畜養牛馬的棚子。

艾姆嬸嬸放下手邊的工作，走到門口。她才瞥一眼就知道有危險了。

「快，桃樂絲！快點躲進地窖！」她大叫。

托托從桃樂絲的懷裡跳開，躲到床底下，桃樂絲過去抓牠。艾姆嬸嬸非常害怕，打開地板上的活門，沿著梯子爬下陰暗的小洞。桃樂絲終於抓到托托了，開始要跟著嬸嬸爬下去。她正要穿過屋子時，聽見一道尖銳的風聲，屋子搖晃得很厲害，她一時站不穩，突然跌坐在地上。

奇怪的事情發生了。

屋子旋轉了兩、三次，慢慢升到空中。桃樂絲覺得好像坐著氣球往上升。

北風和南風在屋子座落的地方會合，那裡也就成了龍捲風的中心。在龍捲風的中心，空氣大致上是靜止的，可是四面八方的風產生的巨大壓力把屋子抬得越來越高，屋子逐漸抵達龍捲風的頂端，然後停在那裡，被帶到好幾公里以外的地方，跟你移動一根羽毛一樣容易。

雖然陰暗無光，又有可怕的風聲在四周咆哮，桃樂絲發現她飛得很自在。屋子經過幾次旋轉，還有一次嚴重傾斜，她覺得自己好像搖籃裡的嬰兒，被人輕柔地搖著。

托托並不喜歡這個樣子。牠在房間裡跑來跑去，大聲吠

叫。可是桃樂絲安靜地坐在地上，等著看會發生什麼事。

　　有一次托托太靠近打開的活門而掉下去，起初小女孩以為她失去托托了。可是不久之後，她就看到托托的耳朵從洞口伸出來，因為有強大的氣壓使托托往上升，而沒有掉下去。她爬到洞口，抓住托托的耳朵，把牠拉到房間裡，然後關上活門，以免再發生意外。

　　一個小時又一個小時過去了，桃樂絲慢慢克服了恐懼，可是她覺得很孤單，而且風在四周呼嘯得那麼大聲，她幾乎要耳聾了。起初她猜想自己會在房子掉下來時摔得粉身碎骨，可是隨著時間一點一滴地過去，都沒有發生慘事，她就不再憂慮了，決定要冷靜地等待未來的情況。最後她爬過不斷晃動的地板，在床上躺下來，托托也跟過來躺在她身邊。

　　雖然屋子還在搖晃，風聲呼呼直叫，桃樂絲卻閉上眼睛，很快就睡著了。

| 桃樂絲拉住托托的耳朵

第2章　會晤曼其金人

　　桃樂絲被一聲巨響吵醒。那聲音既突然又猛烈，要不是桃樂絲躺在柔軟的床上，可能就受傷了。由於這樣的震動，桃樂絲屏住呼吸，很想知道發生了什麼事。托托把牠小小的冷鼻子湊到她的臉上，哀傷地嗚咽。桃樂絲坐起來，發現屋子已經不動了，而且不再陰暗，因為有明亮的陽光從窗戶射進來，照亮了小房間。她從床上跳起來打開門，托托跟在她的腳邊。

　　小女孩驚叫出聲，看著四周奇妙的景象，眼睛睜得越來越大。

　　龍捲風已經非常輕柔地——對龍捲風來說——把房子放在優美的田野上。到處是青翠的草地，高大的樹木結滿美味的果實。兩邊都是一叢叢繽紛的花朵，鳥兒身穿燦爛奪目的羽毛，在樹叢中飛舞。再過去是一條小溪，在綠色的堤岸間奔流、閃亮，對一個長年在乾燥、灰暗的草原上生活的小女孩來說，那淙淙的水聲聽起來是多麼輕快悅耳。

　　她站在那裡，熱切地欣賞奇特而美麗的景象時，發現有一群人正朝她走來，她從沒有見過那麼奇怪的人。那些人並沒有她所熟悉的成年人那麼高大，可是個子也不小。事實上，

他們和桃樂絲一樣高，而就桃樂絲的年齡來說，她算是發育很好的，不過從外表看起來，他們比桃樂絲年長許多。

那群人是三男一女，穿著都很古怪。他們戴著三十公分高的圓帽，那頂端有個小球，邊緣掛著小鈴鐺，會在他們走動時發出清脆甜美的聲音。男人戴著藍帽，矮女人戴著白帽，她還穿著白色的長袍，從肩上打成褶垂下，上面滿佈發亮的小星星，在陽光下如鑽石一般閃爍。男人們都穿著藍衣，色調和帽子一樣，腳上套著磨亮的靴子，高筒上有一大截藍襪子。桃樂絲心想，那些男人和亨利叔叔差不多年紀，因為其中兩人留著鬍鬚。可是那矮小的婦人明顯老多了：她的臉上都是皺紋，頭髮幾乎都白了，而且走路的樣子很僵硬。

一靠近桃樂絲站立的門口，那些人就停下來低聲說話，好像不敢再走向前。可是那矮小的老婦人走向桃樂絲，深深一鞠躬，然後以甜美的聲音說：「最高貴的女魔法師，歡迎妳來到曼其金國。我們很感謝妳殺死了東方的壞女巫，讓我們的人民恢復自由。」

桃樂絲驚訝地聽著這番話。這個矮小的女人稱她是女魔法師是什麼意思？為什麼要說她殺死了東方的壞女巫呢？桃樂絲是個天真無邪的小女孩，被龍捲風帶來這裡，離家鄉非常遠，這輩子也不曾殺過任何人。

可是那矮小的婦人顯然在等她回答，所以桃樂絲遲疑地說：「妳很好心，可是你們一定弄錯了，我沒有殺死任何

人。」

「是妳的房子殺的，」矮小的老婦人笑著繼續說：「所以等於是妳殺的。妳看！」她指著房子的角落。「這是她的兩根腳趾，從一大塊木頭底下伸出來。」

桃樂絲一看，就輕聲驚叫。在那裡，確實在屋柱所在的角落，有兩隻穿著尖頭銀鞋的腳伸出來。

「哎呀，我的天！」桃樂絲驚愕地握緊兩手。「這房子一定是掉在她身上了。我們該怎麼辦呢？」

「什麼都不用做。」矮小的婦人平靜地說。

「可是她是誰呀？」桃樂絲問。

「她是東方的壞女巫，就像我之前說的。」矮小的女人回答：「許多年來，她把所有曼其金人都當成奴隸，讓他們日夜做工。現在他們都自由了，很感謝妳的幫忙。」

「誰是曼其金人？」桃樂絲問。

「他們是住在東方，被壞女巫統治的人民。」

「妳是曼其金人嗎？」桃樂絲問。

「不是，可是我是他們的朋友，只是住在北方。一看到東方女巫死了，曼其金人就迅速派信差來通知，我就立刻趕來了。我是北方的女巫。」

「天啊，妳真的是女巫嗎？」桃樂絲叫著。

「我真的是，」矮小的婦人回答。「可是我是好女巫，人民都喜歡我。我的法力沒有統治這裡的壞女巫那麼強，不然

我早就去解救他們了。」

「可是我以為女巫都很壞。」小女孩說。面對真的女巫讓她有點害怕。

「噢，不是的，這麼想就太離譜了。奧茲國只有四個女巫，住在北方和南方的是好女巫。我知道這是真的，因為我就是其中的一個，不可能弄錯。那兩個住在東方和西方的，確實是壞女巫，不過現在其中一個已經被妳殺死了，奧茲國只剩下一個壞女巫，就住在西方。」

桃樂絲想了一會兒才繼續說：「可是艾姆嬸嬸跟我說過，女巫在很久很久以前就都死光光了。」

「誰是艾姆嬸嬸？」矮小的老婦人問。

「她是我住在堪薩斯的嬸嬸，我就是從那裡來的。」

北方的女巫似乎是想了一會兒，她低下頭，眼睛盯著地上。然後她抬起頭說：「我不知道堪薩斯在哪裡，因為我從沒有聽說過那個地方。但是妳可以告訴我，那是個文明的國家嗎？」

「噢，是的。」桃樂絲回答。

「那就對了。我相信在文明的國家已經沒有女巫留下，也沒有男巫、魔法師或魔術師。可是，妳看，奧茲國從來都沒有開化過，因為我們和其他的世界隔開來，所以還有女巫和男巫。」

「誰是男巫？」桃樂絲問。

| 有個矮小的婦人對桃樂絲介紹她是北方的女巫

「奧茲本身就是個偉大的男巫。」女巫回答，降低音量，變成低語。「他的力量比我們加起來的還要大，他就住在翡翠城裡。」

桃樂絲正想要問另一個問題，一名曼其金人本來只是默默地站在旁邊，這時卻大叫一聲，指著壞女巫躺著的屋子角落。

「怎麼了？」矮小的老婦人問著，一看此景就笑了出來。死女巫的腳已經完全消失，只剩下銀鞋子在那裡。

「她年紀太大了，」北方的女巫解釋說，「太陽一曬，很快就蒸發掉。那就是她的下場。不過這雙銀鞋是妳的了，妳可以穿上去。」她過去撿起鞋子，抖掉上面的灰塵，遞給桃樂絲。

「東方的女巫很得意她有這雙銀鞋，它一定帶有什麼魔法，可是我們從來都不知道。」一名曼其金人說。

桃樂絲把鞋子拿進屋子，放在桌上，然後出來對曼其金人說：「我急著想回去叔叔和嬸嬸那裡，我相信他們一定在擔心我。你可以幫我找路回家嗎？」

曼其金人和女巫先是看看彼此，才看著桃樂絲搖搖頭。

「離這裡不遠的東邊有一片大沙漠，沒有一個人能夠活著穿過那裡。」一名曼其金人說。

「南方也是一樣。」另一個人說：「因為我去過那裡，親眼看過。南方是『夸德林國』。」

「我聽說西方也是一樣。」第三個人說：「那裡是溫基人居住的地方，由西方的壞女巫統治，如果妳經過那裡，她會把妳抓去當奴隸。」

「北方是我的家鄉，」老婦人說，「旁邊同樣有個大沙漠圍繞著這個奧茲領土。我想妳不得不和我們一起生活了。」

桃樂絲開始啜泣，因為和這些奇怪的人在一起，她覺得很孤單。她的眼淚似乎讓這些好心腸的曼其金人很難過，他們馬上掏出手帕，跟著哭了起來。至於那矮小的老婦人，她摘下帽子，用鼻尖平衡帽子的頂端，同時以嚴肅的聲音數著「一、二、三」。帽子立刻變成了石板，上面用白色的大粉筆寫著：

「讓桃樂絲到翡翠城來。」

矮小的老婦人從鼻子上拿起石板，讀一讀上面的字，然後問：「妳的名字是桃樂絲嗎？」

「是的。」小女孩回答，抬起頭來，擦乾眼淚。

「那麼妳一定要去翡翠城，也許奧茲會幫助妳。」

「那座城在哪裡？」桃樂絲問。

「就在這個國家的中間，由奧茲統治，也就是我跟妳說過的那個偉大男巫。」

「他是個好人嗎？」女孩焦急地問著。

「他是個好男巫。至於他是不是一個人，我就無從分辨，因為我沒有見過他。」

「要怎麼去那裡？」桃樂絲問。

「妳得用走的。這段路很長，要經過一塊有時候很愉快，有時候陰森恐怖的地區。不過我會用我知道的所有魔法來保護妳。」

「妳可不可以跟我去？」女孩要求。她已經把這個矮小的老婦人當成她唯一的朋友。

「不，我不能跟妳去。」女巫回答說：「可是我會親妳一下，沒有人敢傷害北方女巫親過的人。」

她靠近桃樂絲，溫柔地在額頭上親了一下。她的嘴唇碰到女孩的地方留下一個閃亮的圓形印記，桃樂絲不久之後才發現。

「到翡翠城的路是用黃磚塊鋪成的，所以妳不會走錯路。」女巫說：「見到奧茲時，千萬不要害怕，只要說出妳的事情，請他幫助妳。再見了，親愛的。」

三名曼其金人對桃樂絲深深一鞠躬，祝她旅程愉快，然後就走進了林子。女巫對桃樂絲友善地點點頭，用左腳跟旋轉了三次，就直接消失了。這讓小托托嚇了一大跳，在她消失時，牠在後面狂吠一番，因為女巫還在旁邊時，托托可是怕得叫不出來。

可是桃樂絲知道她是個女巫，早預料到她會那樣子消失，所以一點都不意外。

第3章　桃樂絲解救稻草人

桃樂絲單獨一人時，開始覺得肚子餓了。她於是走到櫥櫃，給自己切了些麵包，塗上奶油，又拿一些給托托吃，然後從架子上拿起一個桶子，走到小溪那裡，裝滿清澈、閃亮的水。托托跑到樹林裡，對著坐在那裡的鳥兒吠叫。桃樂絲過去抓牠時，看到樹枝上懸掛著美味的水果，就採了一些，發現那正是她想要吃的早餐。

她回到屋子裡，和托托喝了許多清涼、乾淨的水，就開始為翡翠城的旅程做準備。

桃樂絲另外只有一件衣服，剛洗好掛在床邊的釘子上。那是有藍白格紋的棉布衣，雖然經過多次洗滌，藍色已經有點褪了，但還是一件漂亮的衣裳。桃樂絲仔細洗好澡，穿上乾淨的棉布衣，把粉紅色的遮陽帽戴在頭上，拿起一個小籃子，裝滿櫥櫃裡的麵包，上面用一塊白布蓋著。然後她看看雙腳，發覺自己的鞋子好破舊。

「穿這雙鞋一定沒辦法走長路，托托。」她說。托托以黑色的小眼睛仰望著桃樂絲，同時搖搖尾巴，表示牠知道主人在說什麼。

這時桃樂絲看到桌子上的銀鞋，那是東方女巫的。

「不知道那雙鞋合不合我的腳。」她對托托說：「這雙鞋一定可以用來走長路，因為絕對穿不破。」

她脫掉舊皮鞋，試穿那雙鞋，結果就像是為她訂做一樣的合腳。

最後她拿起籃子。

「走吧，托托。」她說：「我們要去翡翠城，請教偉大的奧茲要怎麼回堪薩斯。」

她關上門，把門鎖好，小心地將鑰匙放在衣服的口袋裡，開始步上旅程。托托認真地在後面快步跟隨。

附近有好幾條路，可是她不一會兒就找到了那一條黃磚路。她精神飽滿地走向翡翠城，銀鞋在堅硬的黃色路面上發出輕快的聲音。陽光普照，鳥兒甜美地鳴叫。也許你會以為一個小女孩突然被捲走，離開家園在陌生的地方落腳時會感到悲傷，可是桃樂絲一點都不覺得。

她走在路上覺得很驚奇，四周的景色是如此美麗。道路兩旁都圍著整齊的欄杆，漆上優雅的藍色，再過去就是一片片田地，種著豐盛的穀類和蔬菜。顯然曼其金人是很老練的農夫，能夠種出大量的作物。她偶爾會經過一間房子，有人從裡面出來看她，在她經過時彎腰行禮，因為每個人都知道，就是她消滅了壞女巫，讓他們重獲自由。曼其金人的房子都是形狀怪異的住宅，每一間都是圓形的，還有個巨大的圓屋頂。全部都漆成了藍色，因為在這個東方國家，那是最討人

喜歡的顏色。

到了傍晚，桃樂絲已經走了很長的路，覺得很疲倦，正在想著不知道要在哪裡過夜時，來到一間比別家大很多的房子。前面的綠色草坪上，有許多男男女女在跳舞。四名矮小的提琴手正在盡情大聲地拉琴，人們正在歡笑、唱歌，旁邊有張大桌子，裝滿了可口的水果、堅果、餡餅和蛋糕，另外還有許多美味的食物。

大家都親切地歡迎桃樂絲，邀請她吃晚餐，和他們一起過夜，因為這個房子屬於當地一個富有的曼其金人，他的朋友都聚在這裡慶祝脫離壞女巫的統治，重獲自由。

桃樂絲吃了一頓豐盛的晚餐，由那富有的曼其金人親自伺候，他的名字是「波克」。然後她坐在靠背長椅上，看著大家跳舞。

波克看到她的銀鞋子，就說：「妳一定是個偉大的魔法師。」

「為什麼？」女孩問。

「因為妳穿著銀鞋，而且殺死了壞女巫。何況妳的衣服有白顏色，只有女巫和魔法師才會穿白色的衣服。」

「我的衣服是藍色和白色的格子花紋。」桃樂絲說著，拉平衣服上的皺紋。

「妳穿這樣還真好心。」波克說：「藍色是曼其金人的顏色，而白色是女巫的顏色，所以我們知道妳是友善的女巫。」

｜眾人對桃樂絲鞠躬說道：你一定是偉大的魔法師

桃樂絲不知道該說什麼，因為似乎所有人都以為她是女巫，而她清楚得很，自己只是個平凡的女生，碰巧被龍捲風帶來這個奇怪地方。

她看膩了人們跳舞，波克就帶她進屋，給她一個房間，裡面有張漂亮的床，上面舖著漂亮的藍色床單。桃樂絲在床上熟睡到清晨，托托則靠在她旁邊的藍色地毯上。

她吃了豐富的早餐，看到曼其金小嬰兒和托托玩，拉牠的尾巴，格格笑的樣子讓桃樂絲覺得好有趣。托托在所有人的眼中是個美好的玩物，因為他們不曾見過狗。

「這裡離翡翠城有多遠？」女孩問。

「我不知道，因為我從來沒有去過那裡。」波克嚴肅地回答：「人們離奧茲遠一點比較好，除非和他有生意往來。從這裡到翡翠城很遠，妳要花許多天才走得到。這是個富裕、愉快的國家，可是在妳抵達旅途的終點之前，一定要經過許多艱困危險的地方。」

這讓桃樂絲有點擔心，可是她知道只有偉大的奧茲能幫助她回到堪薩斯，所以她勇敢地下定決心，絕對不回頭。

她跟朋友們告別，再度出發走上黃磚路。來到好幾公里以外的地方，她覺得需要停下來休息，就爬到路邊的欄杆上坐下。欄杆再過去是一大片玉米田，她看到不遠的地方有一個稻草人，用一根竹竿高高插著，預防鳥兒來吃成熟的玉米。

桃樂絲用手撐著下巴，若有所思地盯著稻草人。它的頭是

塞著稻草的小袋子，上面畫著眼睛、鼻子和嘴巴代表一張臉。一頂曾屬於一個曼其金人的尖頂舊藍帽放在它的頭上，其他的部分是一套藍色的衣服，已經破舊褪色了，同樣塞著稻草。腳上是一雙舊靴子，也有藍襪在上面折下來，模樣就像這裡的每一個男人。它的身體是用一根竹竿高懸在玉米莖上。

桃樂絲專注地看著稻草人那畫上去的怪臉時，很驚訝地看到有一隻眼睛正在慢慢對她眨眼。她起先以為自己的眼睛花了，因為堪薩斯的稻草人沒有一個會眨眼，可是現在那個人形又以友善的方式對她點點頭。她於是從籬笆上爬下來，走向稻草人，托托則繞著竹竿邊跑邊叫。

「午安。」稻草人說，聲音相當沙啞。

「你會說話？」女孩驚奇地問。

「當然，妳好嗎？」稻草人回答。

「我很好，謝謝。」桃樂絲禮貌地回話：「你好嗎？」

「我覺得不大好，因為日夜都被插在這裡趕烏鴉，覺得很厭煩。」稻草人帶著微笑說。

「你不能下來嗎？」桃樂絲問。

「不行，因為有竹竿插在我的背上。如果妳能幫我拿下來，我會非常感謝。」

桃樂絲舉起兩隻手臂，把那個人形從竿子上拿下來。因為它裡面只塞著稻草，身體很輕。

「非常謝謝妳。」稻草人被放到地上時說：「我覺得好像重生了。」

桃樂絲覺得很疑惑，因為聽一個填充的人說話、看他彎腰行禮、走在身邊是很奇怪的事。

「妳是誰？」稻草人邊問邊伸懶腰、打呵欠。「妳要去哪裡？」

「我叫桃樂絲。」女孩回答：「我要去翡翠城，請偉大的奧茲把我送回堪薩斯。」

「翡翠城在哪裡？」他繼續問：「奧茲是誰？」

「怎麼你不知道？」她驚訝地反問。

「不，真的，我什麼都不知道。妳看，我是填充的人，所以沒有腦子。」他悲哀地回答。

「噢，我真為你難過。」桃樂絲說。

「妳想，如果我跟妳去翡翠城，那偉大的奧茲會不會給我一點腦子？」他問。

「我不知道。」她回答說：「如果你願意，可以跟我去。就算奧茲不肯給你腦子，你也不會有損失。」

「妳說的沒錯。」稻草人繼續熱絡地說：「妳看，我不介意手腳和身體都是填充的，因為這樣子我就不會受傷。如果有人要踩我的腳趾或是用針刺我，我都不介意，因為沒有感覺。可是我不希望有人說我是傻瓜，如果我的頭繼續塞著稻草，而不是像妳一樣有腦子，我怎麼會知道任何事情呢？」

｜桃樂絲呆望著稻草人

「我了解你的心情。」桃樂絲說，真的很為他難過。「如果你跟我去，我會請奧茲盡量幫助你。」

「謝謝妳。」他回答，充滿感激。

他們折回去，桃樂絲幫他越過籬笆，開始沿著黃磚路走向翡翠城。

起先托托並不喜歡這個新加入的同伴。牠一直嗅著這個填充的人，好像在懷疑稻草裡面有個老鼠窩，也經常不友善地對稻草人吠叫。

「不要在意托托。」桃樂絲對新朋友說：「牠不會咬人的。」

「噢，我不怕。」稻草人回答，又邊走邊說：「牠傷不了稻草。讓我來幫妳提籃子吧。我不介意，因為我不會累。告訴妳一個秘密，這個世界我只害怕一件事。」

「什麼事？把你做出來的曼其金人嗎？」桃樂絲問。

「不，是點燃的火柴。」稻草人回答。

第4章　穿越森林之路

　　過了幾個小時，路面越來越崎嶇，也越來越難走，稻草人常常被凹凸不平的黃磚絆倒。有時候磚塊根本就裂開或消失不見，留下坑洞，托托可以直接跳過去，桃樂絲就要從旁邊繞過。至於稻草人，因為沒有腦子，仍舊會往前走，而跌進洞裡面，全身撲倒在堅硬的磚塊上。可是他都不會受傷，而在桃樂絲把他扶起來，讓他站穩腳步時，還跟著桃樂絲一起為自己的糗事放聲大笑。

　　這裡的農田並沒有像之前的那樣照顧得很好，房屋比較稀少，果樹也不多，而越往前走，田野就越顯淒涼、寂寥。

　　到了中午，他們在路邊靠近一條小溪的地方坐下，桃樂絲打開籃子，拿出一些麵包。她拿一片給稻草人，可是他推辭說：「我從來就不會餓，也幸好是這樣，因為我的嘴巴是畫上去的，要吃東西就要挖洞，裡面塞的稻草掉出來，我的頭就會變形。」

　　桃樂絲馬上就了解他所說的，所以她點點頭，繼續吃麵包。

　　「跟我說說妳自己，還有妳的家鄉吧。」桃樂絲吃完晚餐時，稻草人對她說。她就把堪薩斯的一切都說出來，包括那

裡所有的東西有多灰暗，龍捲風如何把她帶到這奇怪的奧茲國來。稻草人聽得很專心。

「我想不通為什麼妳要離開這美麗的國家，回到那麼乾燥、灰暗，叫做堪薩斯的地方。」

「那是因為你沒有腦筋。」女孩說。「不論家鄉是多麼的荒涼、灰暗，我們有血肉的人都寧可住在那裡，也不要去別的地方，不論那是多麼美麗的地方。家是什麼地方都比不上的。」

稻草人歎了一口氣。

「當然我是想不通的。如果妳們的頭都像我這樣塞著稻草，妳們可能都會跑去住美麗的地方，堪薩斯就沒有人住了。堪薩斯很幸運，妳們都有腦子。」

「既然我們在這裡休息，你要不要講你的事給我聽？」桃樂絲問。

稻草人以責備的眼神看著她說：「我這一生還很短，真的什麼都不知道。我是前天才做出來的，在那之前到底發生過什麼事，我根本不曉得。幸好農夫在做我的頭時，第一件事就是畫上我的耳朵，所以我聽得見接下來的事情。有一個曼其金人和他在一起，我聽見的第一句話是農夫說的。

「『你覺得這對耳朵怎樣？』

「『沒有畫直。』另一個人回答。

「『沒關係，像耳朵就好了。』農夫說，倒也沒錯。

| 稻草人和桃樂絲坐在河邊

「『現在我要畫眼睛了。』農夫說。然後他畫出我的右眼，他一畫好，我就發現自己非常好奇地看著他和四周的一切，因爲這是我第一次看見這個世界。

「『這個眼睛相當漂亮，藍顏料正適合用來畫眼睛。』那曼其金人看著農夫說。

「『我想我要把另一隻眼睛畫大一點，』農夫說著，第二隻眼睛就畫好了，我的視線就變得比之前好很多。然後他畫上我的鼻子和嘴巴，可是我不能說話，因爲那時候我不知道嘴巴是用來做什麼的。看他們做我的身體和兩手兩腳很有意思，最後他們固定我的頭時，我覺得好驕傲，因爲我覺得和任何人一樣了。

「『這個傢伙看起來就像個人，可以把烏鴉嚇跑。』農夫說。

「『當然，他是個人呀。』農夫把我夾在腋下來到田裡，拿竹竿把我插起來，就是妳看到我的那一根。他和朋友後來就走開了，留下我單獨在那裡。

「我不喜歡像那樣子被遺棄，想要跟他們走，可是我的腳碰不到地上，不得不留在那根竿子上。我的日子很寂寞，因爲我才剛被做出來，沒什麼事情可以想。有許多烏鴉和鳥兒飛到田裡，一看到我就飛走了，以爲我是曼其金人。這讓我很高興，覺得自己是個重要的人。可是不久有一隻烏鴉靠近我，仔細看了一下，就停在我的肩膀上說：『真是奇怪，那

農夫竟然用這種笨方法來愚弄我。任何有常識的烏鴉都看得出來，你只是用稻草塞成。』然後牠跳到我的腳邊吃玉米，想吃多少就吃多少。其他鳥兒看見我沒有傷害牠，就跟著飛下來吃，所以在很短的時間內，就有一大群鳥把我包圍起來。

「我覺得很難過，因為那表示我終究不是個好稻草人，可是那隻老烏鴉安慰我說：『如果你的頭裡面有腦子，就會和任何人一樣好，而且會比一部分人還要好。不管是對烏鴉還是人來說，腦子都是世界上唯一值得擁有的東西。』

「那群烏鴉離開以後，我想了一想，決定要努力得到腦子。很幸運的，妳來了，把我從竿子上放下來，而且聽了妳的話，我確定我們到達翡翠城時，偉大的奧茲就會給我大腦。」

「但願如此，因為你是那麼渴望有腦子。」桃樂絲真誠地說。

「是的，我很渴望。」稻草人回答：「知道自己是傻瓜真的很不舒服。」

「好了，我們走吧。」女孩說著，把籃子交給稻草人。

現在路邊都沒有欄杆了，路面都是坑洞，沒有舖好。快傍晚時，他們來到一座大森林，樹木長得很高大，兩旁的樹枝在黃磚路上方交叉。樹底下幾乎沒有亮光，因為樹枝擋住了光線，可是這群旅行者沒有停下腳步，仍繼續走進森林。

「既然路延伸到裡面，就一定會出來。既然翡翠城是在路的另一頭，我們就一定要跟著路走。」稻草人說。

「這誰都知道。」桃樂絲說。

「當然，這就是為什麼我會知道。」稻草人回答：「如果需要腦子才會知道，我就不可能說出這句話了。」

過了大約一個小時，光線逐漸消失，他們必須在黑暗中蹣跚行走。桃樂絲什麼也看不見，但是托托可以，因為有些狗在黑暗中也可以看得很清楚，而稻草人聲稱他看得和白天一樣清楚。所以桃樂絲抓著他的手臂，勉強可以繼續往前走。

「如果你看到任何屋子或可以過夜的地方，一定要告訴我，因為在黑暗中走路很不舒服。」她說。

不久，稻草人就停下了腳步。

「我看到右邊有一間小屋子，用木頭和樹枝蓋的。我們要進去嗎？」

「當然要，我累死了。」小女孩回答。

稻草人就帶領她穿過樹林，來到小屋。桃樂絲一進去，看到角落有一張用乾樹葉舖成的床，就立刻躺下來進入夢鄉，托托也躺在她旁邊。從來不疲倦的稻草人就站在另一個角落，耐心等到天亮。

第5章　解救錫樵夫

　　桃樂絲醒來時，陽光已照耀著樹林，托托也出去追逐小鳥和松鼠了。她起身，看看四周。稻草人還在角落耐心地等著她。

　　「我們要出去找水。」她對稻草人說。

　　「妳為什麼需要水？」稻草人問。

　　「因為走過都是灰塵的道路，我要把臉洗乾淨，也要喝點水，免得乾麵包哽在我的喉嚨。」

　　「用肉做成的身體一定很不方便，因為妳必須睡覺、吃東西，還要喝水。不過妳有腦子，為了正確思考，麻煩再多也值得。」稻草人邊說邊想。

　　他們離開小屋，穿過樹林，直到看見一窪淨澈的泉水，桃樂絲在那裡喝水、洗澡，然後吃早餐。她看到籃子裡的麵包剩下不多了，很感謝稻草人不需要吃東西，因為那勉強只夠她和托托當天吃。

　　用完餐，要回到黃磚路上時，她很驚訝地聽到附近傳來低沈的呻吟聲。

　　「那是什麼聲音？」她膽怯地問。

　　「我不知道，我們可以過去看看。」稻草人回答。

這時又一陣呻吟聲傳進耳裡，似乎是來自他們的後方。他們轉身在樹林中走了幾步，桃樂絲就看到樹木之間有東西在陽光下閃爍。她跑過去，突然停下來驚叫。

有一棵大樹被砍穿一部分，旁邊站著一個高舉斧頭，全身用錫鑄成的人。他的頭和手腳都連著身體，可是一動也不動，好像完全不能活動。

桃樂絲驚訝地看著他，稻草人也是，托托則凶猛地吠叫，張口去咬錫人的腳，卻傷了自己的牙齒。

「是你在呻吟嗎？」桃樂絲問。

「對，是我。我已經呻吟了一年多，沒有人聽到我的聲音，或是來幫助我。」

「我可以幫你什麼忙？」她溫柔地問，因為那人悲傷的聲音打動了她。

「拿油罐來，潤滑我的關節。」他回答：「我的關節生鏽得太嚴重，害我完全不能動。如果我上了油，很快就會沒事。妳可以在我小屋的架子上找到油罐。」

桃樂絲立刻跑回屋子，找到油罐，再跑回來，焦急地問：「你的關節在哪裡？」

「先塗一塗我的脖子。」錫樵夫回答，桃樂絲就為他塗上去。由於生鏽的情況很嚴重，稻草人要抓著錫頭輕輕從一邊轉到另一邊，直到可以靈活轉動，那人也可以自己轉動為止。

「現在把油塗在我的手臂上。」他說，桃樂絲就在他的手臂上塗油，稻草人小心地幫忙彎一彎，直到除了鏽，變得跟新的一樣好。

錫樵夫發出滿意的嘆息，放下斧頭，把它靠在樹幹上。

「這真是太舒服了，自從我生了鏽，我就一直把斧頭舉在空中，很高興終於可以放下來了。現在，如果你們能在我的腿上塗油，我就會恢復原樣了。」

他們就在他的腿上塗油，直到他能活動自如。然後他不斷地感謝他們的解救，因為他似乎是很有禮貌，也很懂得感謝別人。

「如果你們沒有過來，我可能會一直站在這裡，所以你們真的救了我一命。你們怎麼會來到這裡？」他問。

「我們要去翡翠城見偉大的奧茲，停下來在你的小屋過夜。」她回答。

「你們為什麼要去見奧茲？」他問。

「我希望他把我送回堪薩斯，稻草人希望奧茲給他裝上一點腦子。」她回答說。

錫樵夫似乎沈思了一會兒，然後說：「妳想奧茲會不會給我一顆心？」

「當然，我想他會的。」桃樂絲回答：「那跟給稻草人腦子一樣簡單。」

「沒錯。」錫樵夫回答：「所以，如果讓我加入你們，我

也可以去翡翠城請奧茲幫助我。」

「那就一起去吧。」稻草人熱情地說，桃樂絲也說，很高興有他這個同伴。錫樵夫就把斧頭扛在肩膀上，和大家一起穿過樹林，直到來到舖著黃磚的道路。

錫樵夫請桃樂絲把潤滑油放在籃子裡。他說：「我淋到雨就會再生鏽，那時會非常需要油罐。」

幸好有新的同伴加入，因為不久之後，他們開始上路，就碰到了樹木和樹枝濃密到無法通過的地方；錫樵夫熟練地用斧頭開路，很快就為所有人清出一條小徑。

走路時桃樂絲想得太專心，以至於沒有注意到稻草人被坑洞絆倒，翻滾到路邊。實際上，他不得不出聲叫桃樂絲扶他起來。

「你為什麼不繞過坑洞呢？」錫樵夫問。

「我知道得不夠多啊。」稻草人愉快地回答：「我的頭裡面塞的是稻草，你知道的，這就是為什麼我要去請奧茲給我一點腦子。」

「噢，我懂了。」錫樵夫說：「可是頭腦並不是世界上最好的東西。」

「你有頭腦嗎？」稻草人問。

「沒有，我的頭完全是空的，可是我曾經有頭腦，也有一顆心，所以兩種東西都用過，我比較喜歡有一顆心。」

「為什麼呢？」稻草人問。

| 錫樵夫直嚷真是太舒服了

「告訴你我的經歷，你就會知道爲什麼。」

他們穿過樹林時，錫樵夫說出以下的故事。

「我是樵夫的兒子，我父親在森林砍樹，靠著賣木材過活。我長大以後也變成樵夫。而在我父親死後照顧老母親，直到她過世。後來我打定主意不要單獨生活，於是我想要結婚，這樣才不會孤單寂寞。」

「有一個曼其金女孩非常漂亮，我很快就全心全意地愛上了她。她答應我，只要我賺到足夠的錢蓋一間更好的房子，她就會嫁給我，我就更加努力工作。可是這女孩和一個老婦人住在一起，那婦人不希望女孩結婚，因爲她太懶了，希望女孩留在她那裡煮飯做家事。所以老婦人去找東方的壞女巫，答應給她兩隻羊和一頭牛，只要她能阻擋這件婚事。壞女巫就在我的斧頭上作法。因爲我想要快點得到新房子和妻子，工作得很勤快，有一天斧頭卻突然滑下來，切斷了我的左腿。

「起初這好像是很大的不幸，因爲我知道只有一條腿的人沒辦法做個好樵夫。我就去找錫匠，請他給我做一條錫腿。這條腿在我習慣之後就變得很好用，可是我這麼做讓東方的壞女巫很生氣，因爲她已經答應老婦人，我絕對不會和那個漂亮的曼其金女孩結婚。我又開始砍樹時，斧頭滑下來切斷了我的右腿。我再度去找錫匠，他又給我做了條錫腿。後來被作法的斧頭又分別切斷了我的兩隻手臂，可是都沒有嚇到

我，我還是裝上了錫手代替。壞女巫就又讓斧頭滑下來，切斷了我的頭，起初我想我這輩子完了，可是正好錫匠走過來，幫我用錫做了個頭。

「當時我自以為打敗了壞女巫，工作得比以前更認真，可是我不知道敵人有多麼殘酷。她想到一個新方法來打消我對漂亮曼其金女孩的愛情，讓我的斧頭再度滑落，切穿了我的身體分成了兩半。錫匠再一次來幫助我，為我用錫做身體，再用關節連接我的錫手臂、錫腿和錫頭，讓我可以和以前一樣活動得很好。可是，天啊！我從此沒有心了，也就失去了對曼其金女孩的愛，不再介意是否可以娶她。我想她仍然和老婦人住在一起，等著我去找她。

「我的身體在陽光下會發出亮光，讓我覺得很驕傲，就算斧頭再滑下來也沒有關係了，因為那傷不了我。危險只有一個，就是我的關節會生鏽，我在屋子裡存放著油罐，需要的時候我可以為自己上油。可是，有一天我忘了上油，又遇到暴風雨，還來不及想到危險，我的關節就生鏽了，就單獨站在那裡，直到你們來救我。那情況真的很難忍受，可是這一年我站在那裡，有時間思考，我最大的損失是沒有了心。我在戀愛的時候是世界上最快樂的人，可是沒有心的人沒辦法愛人，所以我決定要請奧茲給我一顆心。如果他答應了，我就可以回去找那個曼其金女孩，和她結婚。」

桃樂絲和稻草人都對錫樵夫的過去很有興趣，現在他們知

道了爲什麼他急著得到新的心。

「我還是希望有頭腦，而不是心，因爲傻瓜就算有了心，也不知道要用它來做什麼。」稻草人說。

「我會選擇心，因爲頭腦不能讓人快樂，而快樂是世界上最好的東西。」

桃樂絲沒吭聲，因爲她不知道哪個朋友說的是對的，也確定只要她能夠回堪薩斯和艾姆嬸嬸在一起，不論是錫樵夫沒有腦子還是稻草人沒有心，或是兩人都得到了想要的東西，這些都不是什麼大不了的事。

最令她擔心的是麵包快要吃完了，她和托托只要再吃一頓飯，籃子就空了。她可以確定樵夫和稻草人都不必吃東西，可是她不是錫或稻草做的，沒有東西吃，她就活不下去了。

第6章　膽小的獅子

　　此時桃樂絲和同伴仍在穿越濃密的樹林。路面雖然還是舖著黃磚，可是上頭蓋著從樹上掉落的乾樹枝和枯葉，並不是很好走。

　　樹林裡的鳥很少，因為鳥類喜歡陽光充足的廣闊田野，可是偶爾還是會聽到藏在林子裡的野生動物發出低吼。這種叫聲讓小女孩的心跳加速，因為她不知道那是什麼聲音，可是托托知道，牠走到桃樂絲的旁邊，而且沒有回吠一聲。

　　「還要多久時間才能離開樹林？」小女孩問錫樵夫。

　　「我不知道。」樵夫回答：「我沒有去過翡翠城，不過我父親去過一次，那時我還小，他說那是段漫長的旅程，要穿過危險的區域，但是奧茲的國家附近很美麗。只要我有油罐，我就不害怕，也沒什麼東西傷得了稻草人，而妳的額頭有好女巫親吻的印記，那可以保護妳。」

　　「可是還有托托！」女孩焦急地問：「有什麼可以保護牠？」

　　「如果牠有危險，我們必須保護牠。」錫樵夫說。

　　他還在說話時，森林裡面傳來一陣怒吼聲，馬上就有一隻大獅子跳到路上。牠一掌就使稻草人旋轉著飛到路邊，接著

｜桃樂絲指責獅子吼道：你該為自己感到羞恥

牠用利爪攻擊錫樵夫，結果大吃一驚，因為牠沒辦法在錫皮上抓出傷痕，儘管樵夫躺在路上動也不動。

至於小托托，既然有敵人要面對了，牠就跑去對獅子吠叫，那巨獸開張嘴巴，想要咬那隻狗，桃樂絲怕托托會被殺死，就不顧危險地衝過去，用最大的力氣打了獅子一巴掌，然後哭著說：「你休想咬托托！你應該覺得羞恥，這麼大的野獸竟然要咬一隻可憐的小狗！」

「我沒有咬牠。」獅子邊說邊用腳掌搓摩桃樂絲打過的地方。

「沒有，可是你有這個念頭。」她反駁說：「你只是個大懦夫。」

「我知道。」獅子說，慚愧地低下頭。「我早就知道了，可是我能怎麼辦？」

「我真的不知道。想想你居然打一個填充人，真是個可憐的稻草人！」

「他是填充的？」獅子驚訝地問道，看著桃樂絲扶起稻草人，讓他站穩，同時調整他的形狀。

「當然他是填充的。」桃樂絲說，還在生氣。

「難怪那麼容易就被我打垮。」獅子說：「看到他旋轉我很驚訝。另一個也是填充的嗎？」

「不是，他是錫做的。」桃樂絲說。她也把錫樵夫扶起來了。

「難怪他差點使我的爪子變鈍。我的爪子碰到錫時，我的背打了個冷顫。那隻妳非常在意的小動物又是什麼？」

「牠是我的狗，托托。」桃樂絲回答。

「牠是錫做的，還是填充的？」獅子問。

「都不是，牠是，嗯，肉做的狗。」小女生說。

「噢，牠是隻奇怪的動物，現在看起來好小，沒有人會想要咬那麼小的東西，除非跟我一樣膽小。」獅子繼續說，顯得很難過。

「你為什麼這麼膽小？」桃樂絲驚奇地看著那隻巨獸，因為牠和小馬一般高大。

「原因不明。」獅子回答：「我想是天生的。其他森林裡的動物都很自然地以為我很勇敢，因為獅子在所有地方都被當成獸王。我發現如果我吼得非常大聲，每個動物都會嚇得逃開。每次我遇到人，都會怕得要命，可是我只要對他大吼，他就會儘快跑走。如果大象、老虎或是熊想要攻擊我，我應該也會逃跑，因為我就是如此懦弱，可是一聽到我的吼聲，牠們就會離我遠遠的，當然我會讓牠們離開。」

「可是那是不對的，獸王不應該是懦夫。」稻草人說。

「我知道。」獅子回答，用尾巴尖擦掉眼裡的淚水。「那是我最大的悲哀，也讓我很不快樂。可是每次遇到危險，我的心就會跳得很快。」

「也許你有心臟病。」錫樵夫說。

「也許吧。」獅子說。

「如果你有心臟病，你應該高興，因為那表示你有一顆心。至於我，我沒有心，所以不可能有心臟病。」

「或許真是這樣。」獅子邊想邊說：「如果我沒有心，應該就不會是膽小鬼了。」

「你有腦子嗎？」稻草人問。

「應該有吧。我沒注意。」獅子回答。

「我要去找偉大的奧茲，請他給我一些，因為我的頭裡面塞的是稻草。」稻草人說。

「我要去請他給我一顆心。」錫樵夫說。

「我要去請他送我和托托回堪薩斯。」桃樂絲接著說。

「你想奧茲會給我勇氣嗎？」膽小的獅子問。

「那應該和給我腦子一樣簡單。」稻草人說。

「也和給我心一樣。」錫樵夫說。

「也和送我回堪薩斯一樣。」桃樂絲說。

「那麼我要跟你們去，只要你們不介意。因為沒有一點點勇氣，我的生活實在過不下去了。」

「我們很歡迎你，因為你可以幫我們趕走其他野獸。我想牠們那麼容易就被你嚇跑，一定比你還膽小。」桃樂絲說。

「真的是這樣，可是那不會讓我變得比較勇敢，只要我知道自己是個膽小鬼，我就不會快樂。」

這個小團體又上路了，獅子邁著威武的步伐，走在桃樂絲

的旁邊。托托起初並不接受這個新夥伴，因為牠忘不了差點被獅子的大嘴咬碎的事，可是過了一陣子，牠就放下心來，很快地和膽小的獅子變成了好朋友。

那天剩下的時間就沒有再發生什麼事破壞旅程的安寧。不過有一次錫樵夫踩到一隻爬在路上的甲蟲，殺死了那個可憐的小東西。這讓錫樵夫很難過，因為他一直很小心不去傷害任何生物，所以沿路掉了好幾滴悲傷與懊悔的眼淚。眼淚在他的臉上慢慢滑下，流到下巴上的鉸鏈，使那裡生鏽。桃樂絲問他問題時，他沒辦法張開嘴巴，因為鏽把下巴黏緊了。他恐慌起來，做很多手勢要桃樂絲救他，可是她不明白怎麼一回事。獅子也看不出哪裡出錯了。可是稻草人從桃樂絲的籃子裡拿出油罐，為錫樵夫的下巴上油。過了幾分鐘，錫樵夫就可以和之前一樣說話了。

「這給我一個教訓，要注意每個腳步。如果我又殺死一隻蟲子，我一定又會哭，倘若使下巴生鏽，就不能說話了。」

從此他走路都很小心，眼睛盯著路面，看到小螞蟻爬在地上，就會跨過去，以免傷害牠。錫樵夫很清楚自己沒有心，因此很努力避免對任何生物做出殘酷或不友善的事。

「你們人都有心，有東西引導你們，就不會出錯。可是我沒有心，所以必須很小心。等到奧茲給了我一顆心，我當然就不需要顧慮這麼多了。」

他們當晚不得不在森林的一棵大樹下過夜，因為附近沒有房舍。這棵樹有濃密的樹蔭遮擋露水，錫樵夫用斧頭砍了一大堆木柴，讓桃樂絲用來生火，不僅保暖，也讓她比較不孤單。她和托托吃完了最後一塊麵包，現在她不知道接下來的早餐要吃什麼。

「妳要的話，我可以去森林獵一隻鹿給妳。你們的口味是那麼的奇怪，喜歡煮過的食物，所以妳可以用火烤，明天就有很好的早餐了。」獅子說。

「不要！請不要麼做！」錫樵夫說：「如果你殺死可憐的鹿，我一定會哭，下巴就會再生鏽。」

獅子還是進入森林，去找牠自己的晚餐，沒有人知道那是什麼，因為牠沒有說。至於稻草人，他找到一棵樹結了很多堅果，就用桃樂絲的籃子裝滿，讓她在很長的一段時間內都不會飢餓。桃樂絲覺得稻草人這麼做很好心也很體貼，可是這可憐的人撿拾堅果的怪樣子讓她哈哈大笑。他塞著草的手掌是那麼的笨拙，堅果又那麼小，掉落的數量幾乎和他放進籃子裡的一樣多。可是稻草人不介意要花多少時間裝滿籃子，他只是注意著別太靠近火堆，以免火星跑進他的稻草

裡，把他燒掉。所以他離火焰遠遠的，只在桃樂絲躺下來睡覺時，過來為她蓋上枯葉。這樣讓桃樂絲覺得很舒服也很溫暖，一直熟睡到天亮。

天亮時，桃樂絲在一條潺潺的小河流中洗好了臉，很快就啟程前往翡翠城。

這群旅行者在這一天發生了很多事。他們走了不到一個小時，就看到前面有一條大水溝橫越馬路，把森林隔在遠遠的另一邊。那是條相當寬闊的水溝，他們小心地走到旁邊，發現裡面也很深，底下堆著許多大而尖的石頭。兩邊陡峭得沒有人可以爬下去，一時之間，他們的旅程就要畫下句點了。

「我們該怎麼辦？」桃樂絲絕望地說。

「我想不出辦法。」錫樵夫說。獅子則搖搖蓬亂的鬃毛，好像在思考。這時候，稻草人說：「我們不會飛，這可以確定，我們也不能爬到這個大水溝裡。所以，如果不能跳過去，就只能停在這裡了。」

「我想我跳得過去。」膽小的獅子說，牠已經在腦海裡仔細量過距離。

「那我們都可以過去，因為你可以把我們馱在背上，一次一個。」稻草人說。

「我來試試看，誰要先過去？」獅子說。

「我來，因為如果你跳不過去這個深坑，桃樂絲會摔死，錫樵夫會被底下的岩石撞壞，可是我在你背上的話就沒有關

係，因爲我摔下來也不會受傷。」

「我自己倒是很怕摔下來。」膽小的獅子說：「可是非這麼做不可。騎到我的背上，我們來試試看。」

稻草人騎到獅子的背上，然後獅子走到水溝邊蹲下來。

「你怎麼不先助跑再跳？」稻草人說。

「因爲那不是我們獅子跳躍的方法。」他說著，用力跳起來，越過空中，在另一邊安全落地。大家都很高興地輕輕鬆鬆地做到了。等稻草人從背上下來，獅子就又跳過水溝。

桃樂絲覺得下一個是她，就用一手抱起托托，騎到獅子的背上，另一手抓緊牠的鬃毛。接下來她覺得好像在空中飛，還來不及反應，就在另一邊安全落下了。獅子第三次跳回去接錫樵夫過來，然後他們都坐下來，讓獅子休息一會兒，因爲多次用力跳躍使牠呼吸急促，很像跑了很久的大狗一樣不斷喘氣。

他們發現這一邊的森林很茂密，看起來很陰暗。獅子休息夠了以後，他們又開始順著黃磚路走，各自在心裡面想著，不知道何時可以穿越森林，再度看到明亮的陽光。好像要讓他們更不舒服似的，不久就有奇怪的聲音從森林的深處傳來，獅子對他們低聲說，「卡厲達」就住在這個地方。

「什麼是『卡厲達』？」桃樂絲問。

「牠們是熊身虎頭的怪獸，有長長的利爪，可以把我撕成兩半，就像我對付托托一樣輕鬆。我怕死了卡厲達。」

| 樹枝剎那間斷成兩截

「難怪你會害怕。想必牠們一定是很可怕的野獸。」桃樂絲說。

獅子正要回答時，突然看到另一條橫越路面的水溝。可是這一條更寬更深了，獅子一看就知道，牠跳不過去。

他們坐下來思考該怎麼辦，稻草人努力想了一會兒說：「這裡有一棵大樹，離水溝很近。如果錫樵夫把它砍下來，它就會倒向另一邊，我們就可以輕鬆走過去了。」

「這真是個好主意，讓人懷疑你的頭裡面裝的就是腦子，而不是稻草。」

樵夫立刻開始工作，他的斧頭很銳利，很快就要把樹砍倒了。這時獅子把強壯的前腳搭在樹幹上，用全力一推，大樹就慢慢地傾倒，橫過水溝，發出碰的一聲，樹枝就來到了另一邊。

他們正要開始走過這座奇異的橋，一道尖銳的咆哮聲使他們都把頭抬了起來，看到兩隻熊身虎頭的卡屬達往這裡衝過來，他們都嚇壞了。

「那就是卡屬達！」膽小的獅子說著，開始發抖。

「快點！我們走過去！」稻草人大叫。

桃樂絲先過去，懷裡抱著托托，接著是錫樵夫，然後是稻草人。獅子當然很害怕，可是牠轉過身面對卡屬達，發出又大又嚇人的吼聲，使桃樂絲發出尖叫，稻草人也往後倒，連那二隻凶猛的野獸都突然停住，驚訝地看著獅子。

可是，卡厲達發覺自己的個子比獅子大，而且想到牠們有兩隻，而獅子只有一隻，就繼續往前衝。獅子就越過樹幹，轉身去看牠們會怎麼做。猛獸一刻也沒停，也跟著要想通過樹幹，獅子就對桃樂絲說：「我們輸了，因為牠們一定會用利爪把我們撕成碎片。可是妳要緊靠在我後面，我會和牠們奮戰到最後一刻。」

「等一下！」稻草人大叫。他一直在想怎麼做比較好，現在他要樵夫把倒在他們這邊的樹幹砍斷。錫樵夫立刻揮動斧頭，就在兩隻卡厲達快要通過時，樹幹斷了，摔到坑洞底下，大聲咆哮的卡厲達也跟著跌了下去，在坑底撞到尖銳的岩石，摔成碎片。

「好了。」膽小的獅子說著，深深吸了一口氣。「我看我們可以活久一點了。我很高興，因為不能活著一定很不舒服。那兩隻畜生真把我嚇壞了，我的心還在噗噗跳呢。」

「唉，真希望我有顆跳動的心。」錫樵夫難過地說。

這場冒險讓這群旅行者更急著想離開森林，於是他們走得很快。桃樂絲很疲倦，必須騎在獅子的背上。令人高興的是越往前走，樹木就越稀疏，到了下午，他們突然看到一條寬闊的河流，在他們面前湍流。至於另一邊的河岸，他們可以看到黃磚路穿過美麗的田野，翠綠的草地上點綴著鮮艷的花朵，而且整條路兩邊都有樹結著美味的果子。他們非常高興看到眼前優美的景色。

「我們要怎麼過河呢？」桃樂絲問。

「那很簡單，只要錫樵夫造一個木筏，我們就可以划到對岸。」稻草人回答。

錫樵夫就舉起斧頭，開始砍下小樹做木筏；錫樵夫工作時，稻草人發現河邊有一棵樹，長了許多美好的果實。這讓桃樂絲很高興，因為她整天只有堅果可以吃，成熟的水果讓她正好飽餐了一頓。

可是，雖然錫樵夫工作得很勤奮，而且永遠不會疲倦，但是做木筏需要時間，等到晚上還沒有做好；他們就在樹下找了個舒適的地方，在那裡熟睡到天亮。桃樂絲夢見翡翠城，也夢到了善心的奧茲巫師很快就會把她送回家鄉。

第8章　致命的罌粟田

　　這一小群旅行者在隔天早上精神奕奕地醒來，充滿希望。桃樂絲像個公主一樣，從河邊的樹上摘取桃子和李子當早餐。他們的後方是先前平安通過的陰暗森林，雖然遇到了許多挫折，但是眼前是可愛、陽光普照的田野，似乎在召喚他們前往翡翠城。

　　現在確實有一條寬闊的河流隔開那塊美麗的土地，不過木筏已經快要做好了。錫樵夫再多砍下幾根木頭，用木釘固定在一起，就可以準備出發了。桃樂絲坐在木筏的中間，懷裡抱著托托。膽小的獅子跨上來時，木筏嚴重傾斜，因為牠又大又重，可是有稻草人和錫樵夫站在另一邊來平衡。他們手上拿著長竿，讓木筏穿越水中。

　　起初相當順利，可是來到中央時，湍急的水流把木筏沖向下游，越來越遠離黃磚路。而且河水逐漸加深，連長竿都碰不到底了。

　　「糟了，如果不能抵達陸地，我們會被帶到西方的壞女巫那裡，她會對我們施法術，我們就會變成她的奴隸。」錫樵夫說。

　　「那我就得不到腦子了。」稻草人說。

「那我就得不到勇氣了。」膽小的獅子說。

「我也得不到心了。」錫樵夫說。

「我就永遠回不去堪薩斯了。」桃樂絲說。

「我們一定要想辦法去翡翠城。」稻草人繼續說，用力划動長竿，使得竿子牢牢卡在河底的爛泥裡，他還來不及拔出或放開它，木筏就被沖走了，留下可憐的稻草人攀著竿子，被留在河的中央。

「再見！」他在後面大叫，其他人離開時都很難過，果然錫樵夫哭了起來，可是幸好他想到，自己可不能生鏽，於是用桃樂絲的圍裙擦掉了眼淚。

當然，這對稻草人來說實在很糟糕。

「我現在的情況比剛遇到桃樂絲時還要慘。」他心裡想著：「我那時候被插在玉米田裡，再怎麼樣也能假裝可以嚇跑烏鴉，可是稻草人卡在一條河流的中央，實在一點用處也沒有。我大概永遠也不可能得到一點腦子了！」

木筏已經漂到下游，可憐的稻草人被遠遠留在後面。獅子就說：「一定有辦法可以救我們。我想我可以拖著木筏游到岸邊，只要你們抓緊我的尾巴。」

牠就跳進水中，錫樵夫抓住牠的尾巴，獅子開始用盡全力游向對岸。雖然牠很巨大，這麼做仍然很費力，但是他們逐漸掙脫了水流。桃樂絲拿起錫樵夫的長竿，幫忙把木筏划到岸邊。

終於抵達河岸時，他們都累慘了。踏上美麗的綠草地時，他們都知道水流已經使他們遠離通往翡翠城的黃磚路。

「我們該怎麼辦呢？」錫樵夫問。這時獅子正趴在草地上讓太陽曬乾身子。

「我們一定要想辦法回到那條路。」桃樂絲說。

「最好的辦法是沿著河岸走回到黃磚路。」獅子說。

於是在休息過後，桃樂絲拿起了籃子，他們就開始沿著青翠的河岸，從河流把他們帶開的地方往回走。這是一片可愛的田野，有許多花朵、果樹和陽光鼓舞著他們，要不是那麼為可憐的稻草人難過，他們應該會很快樂。

他們加快腳步往前走，桃樂絲只停下來一次採美麗的花，而過了一會兒，錫樵夫就叫出聲了。

「你們看！」

他們都抬起頭，看到稻草人在河中央攀著竿子，看起來好孤單，也好悲傷。

「我們要怎麼救他呢？」桃樂絲說。

獅子和樵夫都搖搖頭，想不出辦法。他們就在岸邊坐下，憂愁地望著稻草人，直到有一隻鸛鳥飛過來，看到他們，就在河邊停下。

「你們是誰？要去哪裡？」鸛鳥說。

「我是桃樂絲，這兩個是我的朋友，錫樵夫和膽小獅。我們要去翡翠城。」桃樂絲說。

「這條路不對。」鸛鳥說著，扭動牠的長頸，以銳利的眼神看著這支奇怪的隊伍。

「我知道，可是我們失去了稻草人，正在想辦法救他回來。」桃樂絲回答。

「他在哪裡？」鸛鳥問。

「就在河裡面。」桃樂絲回答。

「只要他不大，也不很重，我就可以幫你們帶他回來。」鸛鳥表示。

「他一點都不重，因為他全身是稻草做的，如果你幫我們把他帶回來，我們會非常非常地感謝你。」桃樂絲急切地說。

「好，我來試試看，可是如果我覺得他太重，就得把他丟在河裡面。」鸛鳥說。

這隻大鳥就飛到河的上空，來到稻草人攀著竿子的地方，用牠的大爪子抓住稻草人的手臂，帶到空中，然後回到桃樂絲、獅子、錫樵夫和托托坐著的岸邊。

稻草人再度回到朋友的圈子裡，高興得擁抱每一個人，包括獅子和托托在內，而在他們往前走時，他每走一步就要唱一句「隆咚隆咚鏘！」，覺得好快樂。

「我本來以為我要永遠待在河裡了，可是鸛鳥救了我，如果我得到了腦子，我一定要去找鸛鳥，給他一點報答。」

「那沒關係。」鸛鳥說，牠正在他們的旁邊飛行。「我一

| 鸛鳥的雙腳挾著稻草人飛行

直都很喜歡幫助有困難的人。可是我該走了，因為我的寶寶正在巢中等我。希望你們會找到翡翠城，得到那個奧茲的幫助。」

「謝謝你。」桃樂絲回答，好心的鸛鳥就飛到空中，很快就消失不見了。

他們繼續走著，聆聽著羽毛光鮮的鳥兒鳴唱，也欣賞越來越多佈滿地面的可愛花朵。那些花有黃有白，也有藍色和紫色的，旁邊還有一大叢鮮紅色的罌粟花，鮮艷得讓桃樂絲眼花撩亂。

「那真是漂亮，不是嗎？」小女生問，同時吸入花朵的香氣。

「我想是的。」稻草人回答：「如果我有腦子，可能會更喜歡。」

「如果我有心，我會非常喜歡。」錫樵夫插嘴說。

「我一直都很喜歡花，那些花看起來柔弱無助，森林裡卻沒有其他東西比它們耀眼。」獅子說。

他們看到越來越多大紅色的罌粟花，其他的花越來越少，很快就發現自己身處在一大片罌粟花海裡。大家都知道，這種花的數量很多時，香味會強烈得讓人一吸就睡著，如果沒有把睡著的人帶離花香，他就會一直沈睡不醒。

可是桃樂絲不知道這一點，也無法脫離這種到處都是的大紅花朵，她的眼皮馬上就變得很沈重，覺得很想坐下來休

息，好好睡一覺。

可是錫樵夫不讓她睡覺。

「我們一定要趕快，在天黑前走回黃磚路。」他說，稻草人也表示贊同。他們就繼續往前走，直到桃樂絲再也無法忍受。她禁不住閉上了眼睛，忘了身在哪裡，倒在罌粟田裡睡著了。

「我們該怎麼辦？」錫樵夫說。

「把她丟在這裡，她一定會死。」獅子說：「這種花的氣味會讓我們全部死掉。連我要睜著眼睛都很勉強了，而那隻狗早就睡著了。」

果然沒錯，托托已經倒在小女主人的身邊。可是稻草人和錫樵夫都不是肉身，不會受到花香的影響。

「你跑快一點，」稻草人對獅子說，「儘快離開這片會致命的花田。我們可以帶小女孩走，可是你太龐大了，如果你睡著，我們是拖不動你的。」

獅子於是振起精神，盡可能往前快跑，一溜煙就不見了。

「我們用手臂搭個椅子載她吧。」稻草人說。他們撿起托托，把牠放在桃樂絲的腿上，然後用手搭個椅座，手臂當成椅背，帶著沈睡的女孩穿過花田。

他們繼續走著，四周致命的花海似乎沒完沒了。他們跟著河岸轉彎，看到獅子躺在罌粟花中睡著了。花的力量對這隻大獸來說也很強烈，牠終於投降，倒在離罌粟田的邊界很近

的地方，那裡再過去就是佈滿青草的美麗原野。

「我們幫不了牠的忙，因為牠太重了。」錫樵夫傷感地說：「我們必須讓牠永遠睡在這裡，也許牠會夢見自己終於找到勇氣了。」

「真令人難過。」稻草人說：「對一隻膽小的獅子來說，牠真是個好夥伴。我們還是走吧。」

他們抬著睡著的女孩來到美麗的河邊，離罌粟田夠遠，讓她不會再吸進有毒的花香。他們輕輕將她放在柔軟的草地上，等清新的風把她吹醒。

第9章　田鼠皇后

「我們現在離黃磚路應該不會很遠，因為我們走的路跟河流沖走我們的距離差不多了。」稻草人站在女孩的身邊說道。

錫樵夫正要回答，就聽到一聲低吼，他轉過頭(裝著鉸鏈，所以很靈活)，看到一隻奇怪的野獸跳起來，越過草地，往他們這邊撲過來。那其實是一隻巨大的黃色野貓，錫樵夫心想，牠一定是在追趕著什麼。因為牠的耳朵平貼在頭上，嘴巴張得很大，露出兩排醜陋的牙齒，兩隻眼睛跟火球一般明亮。牠靠近時，錫樵夫看到一隻灰色的小田鼠跑在野獸的前面，雖然他沒有心，卻知道情況不對，因為野貓想要殺死這隻美麗而無害的動物。

樵夫於是舉起斧頭，在野貓跑過來時用力一砍，那野獸的頭就離開了身體，在牠的兩腳之間裂成兩半。

那隻田鼠擺脫了天敵，頓時停下，慢慢走到樵夫前面，以小而尖的聲音說：「謝謝你！非常感謝你救了我的命！」

「請不要這麼說。」樵夫回答：「你知道嗎，我沒有心，所以我會注意去幫助所有需要朋友的人，即使對方只是個小老鼠。」

「只是個小老鼠！」小動物氣憤地叫著，「我可是個女皇，是田鼠國的女皇！」

「噢，當然。」樵夫彎腰行禮。

「你立下很大的功勞，也表現得很勇敢，救了我的命。」皇后接著說。

這時有幾隻老鼠盡可能快速的小腳步跑過來，看到皇后時驚喜地大叫：「噢，陛下，我們以為您被殺死了！您是怎麼擺脫那隻大野貓的？」牠們說完就對小皇后深深一鞠躬，頭幾乎都要著地了。

「多虧這個好笑的錫人殺死野貓，我才能夠得救。你們以後得要好好的服侍他，幫他達成任何願望。」

「遵命。」所有老鼠都以尖聲回應。牠們忽然驚慌得到處奔跑，因為托托從睡眠中醒過來了，看到四周有那麼多老鼠，高興地吠了一聲，就跳到牠們中間。托托在堪薩斯時就很喜歡追老鼠，也覺得這麼做沒什麼害處。

可是錫樵夫一把抓起小狗，緊緊抱住，同時對老鼠說：「回來！回來！托托不會傷害你們的。」

聽到這句話，女皇從草堆中探出頭來，以怯生生的聲音問：「你確定牠不會咬我們？」

「我不會讓牠這麼做，所以不要害怕。」樵夫說。

老鼠一隻隻爬回來，托托並沒有叫，儘管牠想要掙脫樵夫的懷抱，而且要不是知道他是錫做的，很可能就會咬他。最

後，有隻最大的老鼠出聲說：「為了報答你解救我們的女皇，有什麼事可以讓我們效勞嗎？」

「我想不出來。」錫樵夫說，可是一直在努力思考，卻因為頭裡塞的是稻草而想不出來的稻草人突然說：「有的，你們可以去救我們的朋友，那隻膽小獅，牠正在罌粟花床上睡覺。」

「獅子！」小女皇大叫，「牠會把我們吃光光！」

「不會的，這隻獅子是膽小鬼。」稻草人說。

「真的嗎？」田鼠女皇說。

「牠自己說的，而且只要是我們的朋友，牠就不會傷害你們。如果你們幫我們去救牠，我答應你們，牠一定會對你們很和氣。」稻草人回答。

「好吧，我們相信你。可是我們要怎麼做呢？」女皇說。

「稱妳是女皇的老鼠很多嗎？牠們都願意聽從妳嗎？」

「沒錯，總共有幾千隻。」她回答。

「那就盡快叫牠們都過來這裡，要每一隻都帶著一條長繩子。」

女皇就轉身對老鼠隨從說，立刻去叫所有子民集合。一聽到命令，牠們就快速地跑向四面八方。

「現在你要去河邊砍樹，做一個可以載獅子的推車。」稻草人對錫樵夫說。

樵夫馬上進到林子裡，開始工作，很快就切除幾條大樹枝

的細枝葉，做成一個推車。他用木釘固定，再用削短的大樹幹做成四個輪子。他做得又快又好，等到老鼠群跑來時，推車已經準備好了。

老鼠從各個方向湧來，數量多達幾千隻：大老鼠、小老鼠，還有體型中等的，每一隻嘴上都啣著一條繩子。就在這個時候，桃樂絲從長眠中醒過來，睜開眼睛。發現自己躺在草地上，旁邊還站著幾千隻老鼠害怕地盯著她時，她嚇了一大跳。可是稻草人把一切事情都告訴她，然後轉身面對高貴的女皇跟田鼠說：「容我為妳介紹女皇陛下。」

桃樂絲莊重地點點頭，女皇也禮貌地回禮，然後就和桃樂絲變成了好朋友。

稻草人和樵夫開始把老鼠帶來的繩子繫在推車上。繩子的一端圍在每一隻老鼠的脖子上，另一端和推車連接。當然推車比每隻老鼠大一千倍，可是所有老鼠一起使力時，就可以輕易拉動它。連稻草人和錫樵夫都可以坐在上面，被一群怪異的小馬快速地拉到獅子睡覺的地方。

由於獅子很重，經過一番折騰，他們才把牠抬上推車。女皇趕忙命令子民開始拉車，因為牠擔心如果在罌粟田裡待太久，牠們也會睡著。

起初這群小動物根本拉不動沈重的推車，雖然牠們數量眾多，可是樵夫和稻草人都在後面推，終於可以移動車子。他們很快就把獅子從罌粟花床拉到綠地，讓獅子再度呼吸到清

｜稻草人跟田鼠介紹高貴的女皇桃樂絲

新甜美的空氣，而不是有毒的花香。

　　桃樂絲過來與他們會合，熱情地感謝小老鼠救了她同伴的性命。她對大獅子已經有了感情，很高興牠獲救了。

　　然後老鼠們解下繩子，穿過草地跑回自己的家。田鼠女皇是最後一個離開的。

　　「如果你們還需要我，就來這片田野呼叫，我聽到你們的聲音，就會過來幫忙。再見了！」

　　「再見！」他們齊聲回答。女皇跑開了，桃樂絲則緊緊抱住托托，以免牠跑過去追，而把她嚇著了。

　　接著他們都坐在獅子旁邊，等牠醒過來。稻草人從附近的果樹摘來一些水果，給桃樂絲當午餐。

第10章　守門人

　　膽小獅要過一段時間才會醒來，因爲牠在罌粟田裡躺了很久，吸了很多致命的香氣。牠終於睜開眼睛，從推車上翻身下來時，很高興自己還活著。

　　「我已經盡可能跑得很快了。」牠邊說邊坐下來打呵欠。「可是花的香味實在太強了。你們是怎麼把我弄出來的？」

　　他們就把田鼠好心解救牠的事情告訴牠，膽小獅聽了笑著說：「我一直都覺得自己很龐大，也很可怕，可是連那麼小的花都能夠殺害我，而且連老鼠那麼小的動物都能夠解救我。好奇怪啊！可是，各位同伴，我們現在要怎麼辦？」

　　「我們一定要繼續走，走到黃磚路。」桃樂絲說：「再一直走到翡翠城。」

　　等獅子恢復精神，和原先一樣時，他們就開始上路，愉快地穿過柔軟、青翠的草地。沒過多久，他們就看到了黃磚路，於是彎過去繼續朝偉大的奧茲居住的翡翠城走去。

　　現在這條路非常平整，四周的田野也很美，這群旅行者很高興離開後面的森林，揮別他們在陰暗的樹蔭下多次遇到的危險。他們又再看到圍在路邊的欄杆，可是這裡漆的是綠色。他們來到一間同樣是漆成綠色的小屋子，可以清楚看到

裡面住著一個農夫。他們在那天下午經過好幾間同樣的房子，有時候會有人來到門口看著他們，好像有事情要問，卻沒有人靠近或開口說話，因爲那隻大獅子讓他們很害怕。這些人都穿著可愛的翡翠綠衣，和曼其金人一樣戴著尖帽子。

「這裡一定是奧茲國，我們確實快要走到翡翠城了。」桃樂絲說。

「沒錯，這裡什麼東西都是綠色的，而曼其金人就比較喜歡藍色。可是這裡的人不像曼其金人那麼友善，我們恐怕找不到地方過夜。」稻草人回答。

「我很想吃點水果以外的東西。」女孩說：「我確定托托也很餓了。我們在下一間房子停下來，和居民說說話吧。」

於是他們來到一間很大的農莊，桃樂絲大膽地走到門口敲門。一個女人打開一條足以往外看的門縫說：「孩子，妳要什麼？爲什麼妳會和大獅子在一起？」

「我們想借住一晚，不知道妳肯不肯。獅子是我們的朋友和同伴，一點也不會傷害妳。」桃樂絲說。

「牠是溫馴的嗎？」女人問，把門打開一點。

「當然。」女孩說：「牠也非常膽小，所以妳怕牠的程度還比不上牠怕妳呢。」

「好吧。」女人想了一會兒，再瞄了獅子一眼，然後說：「如果眞是這樣，你們可以進來，我可以提供晚餐和睡覺的地方。」

他們走進屋裡，看到裡面除了那個女人，還有兩個小孩和一個男人。這個男人傷了腿，躺在角落的沙發上。他們似乎很驚訝看到奇怪的一群人，就在女人忙著擺餐桌時，那男人發問：「你們要去哪裡？」

「去翡翠城找偉大的奧茲。」桃樂絲說。

「噢，真的嗎！」男人大叫。「你們確定奧茲會見你們？」

「為什麼不會？」她回答。

「因為據說他從來不見人。我去過翡翠城很多次，那是個無比美麗的地方，可是我從來沒有機會晉見偉大的奧茲，也不知道任何活人到底有誰見過他。」

「他從來不出門嗎？」稻草人說。

「從來沒有。他每天都坐在宮殿的大寶座宮裡，連服侍他的人也不能當面見到他。」

「他長什麼樣子？」女孩問。

「很難說。」男人邊想邊說：「你知道，奧茲是個大巫師，想變成什麼就變成什麼。所以有的人說他看起來像隻鳥，有人說他看起來像大象，又有人說他看起來像貓。他也曾以美麗的仙女、小精靈和其他的模樣出現，隨他高興。可是他到底是什麼樣子，沒有一個人說得出真正的奧茲是什麼。」

「那好奇怪，可是我們一定要想辦法見到他，不然我們這一趟就白來了。」桃樂絲說。

「你們爲什麼想要見可怕的奧茲？」男人問。

「我希望他給我一點腦子。」稻草人熱切地說。

「噢，奧茲很容易就可以做到。」那人說：「他有很多腦子用不到。」

「我希望他給我一顆心。」錫樵夫說。

「那不難，因爲奧茲收集了很多心，有各種尺寸和形狀。」那人繼續說。

「我希望他給我勇氣。」膽小獅說。

「奧茲在他放寶座的房間裡收藏了一大桶勇氣，上面用金板蓋著，以免它跑掉。他會很樂意給你一些。」

「我希望他能夠送我回堪薩斯。」桃樂絲說。

「堪薩斯在哪裡？」那人驚訝地問。

「我不知道。」桃樂絲回答，一臉悲傷。「可是我的家在那裡，我相信一定在某個地方。」

「很有可能。奧茲沒有做不到的事情，所以我想他會幫你找到堪薩斯。可是你們得先見到他，那是很困難的事，因爲他不喜歡見人，他有他自己的作風。你呢，希望什麼？」他接著問托托。托托只是搖搖尾巴，因爲很奇怪，他不會說話。

女主人告訴他們，晚餐準備好了。他們就圍著餐桌坐下，桃樂絲吃了一些美味的麥片粥、一盤炒蛋和一碟白麵包，享受了一頓飯。獅子吃了一些麥片粥，但是並不喜歡，牠說那

是燕麥做的，而燕麥是給馬吃的，不適合獅子。稻草人和錫樵夫什麼都沒吃。托托什麼都吃了一點，很高興終於有了一頓像樣的晚餐。

女主人給桃樂絲一張床睡覺，托托躺在她旁邊，獅子則在她的房間門口看守，以免她受到干擾。稻草人和錫樵夫站在角落，整晚都保持安靜，當然他們都沒有睡。

第二天早上，他們天一亮就上路了，很快就看到空中有一團美麗的綠光。

「那一定就是翡翠城了。」桃樂絲說。

他們越往前走，綠光就越亮，感覺好像他們終於要接近旅程的終點了。然而，到了下午，他們才走近圍繞城市的大城牆。城牆又高又厚，塗著鮮綠色。

他們走到黃磚路的盡頭，面前是一道大門，上面點綴著翡翠，在陽光下閃耀，連稻草人畫上去的眼睛也看花了。

門邊有一個門鈴，桃樂絲按了一下，就聽到裡面傳來清脆的鈴鈴聲。接著門慢慢地滑開，他們全都走進去，來到一個高高的拱門房間，旁邊的牆上也閃爍著數不清的翡翠。

有個矮小的人站在前面，個子和曼其金人差不多。他從頭到腳穿戴的衣物都是綠色的，連皮膚都泛著綠色。他旁邊有個綠色的大盒子。

這個人看到桃樂絲和她的同伴時，就問：「你們來翡翠城做什麼？」

| 大家圍著飯桌一起吃燕麥粥。

「我們來這裡是要見偉大的奧茲。」桃樂絲說。

這個人聽到這個回答時驚訝得坐下來思考。

「我已經很多年沒聽到有人說要見奧茲了。」他說著，疑惑地搖搖頭。「他力量強大，而且很可怕，如果拿無聊或愚蠢的事去打斷奧茲的沈思，他可能會很生氣，一下子就把你們都消滅掉。」

「可是我們的事情不愚蠢也不無聊。」稻草人回答說：「那很重要，而且我們聽說奧茲是個好巫師。」

「他的確是。」綠人說：「他把翡翠城治理得很好。可是對那些不誠實或懷著好奇心接近他的人，他是很可怕的，而且很少人見過他。我是守門人，既然你們要求晉見偉大的奧茲，我就要帶你們去他的宮殿。可是你們要先戴上眼鏡。」

「為什麼？」桃樂絲說。

「因為不戴眼鏡的話，翡翠城閃耀的光線會使你們瞎掉。即使是翡翠城的居民也要日夜戴著眼鏡。眼鏡都要鎖起來，這是奧茲在這座城剛蓋好時下的命令，只有我才有鑰匙打開。」

他打開大盒子，桃樂絲看到裡面裝滿各種大小和形狀的眼鏡，全部都有綠色的鏡片。守門人找到一副剛好適合桃樂絲的，就幫她戴上。上面有兩條金帶子繞到腦後，守門人用一把小鑰匙將金帶子鎖在一起，那鑰匙就掛在他脖子上的鏈條末端。他們上路時，桃樂絲就不能隨便把眼鏡取下，可是當

然她並不希望被翡翠城的光芒刺瞎，所以什麼話都沒說。

　　綠人接著為稻草人和錫樵夫、獅子，甚至小托托找到合適的眼鏡，全部都用鑰匙鎖緊了。

　　然後守門人戴上自己的眼鏡說，他準備好帶他們去宮殿了。他從牆上的釘子上取下一把金色的大鑰匙，打開另一扇門，所有人就跟著他穿過入口，踏上翡翠城的街道。

第11章　奇妙的奧茲翡翠城

即使有綠色的眼鏡保護，桃樂絲和同伴剛開始仍然被這美妙城市的炫光刺得睜不開眼睛。街道兩旁都是一排排美麗的房屋，全部是用綠色的大理石建造，而且到處點綴著亮晶晶的翡翠。他們走過同樣是綠色大理石的步道，而區塊交叉的地方是用成排的翡翠舖著，銜接得很緊密，在陽光下閃閃發亮。窗戶裝的是綠色的玻璃，連城市的上空都泛著綠色，而太陽光線也是綠色。

路上有許多人在走動，有男有女，也有小孩，全都穿著綠色的衣服，有泛綠色的皮膚。他們都以驚奇的目光看著桃樂絲和她組合奇特的同伴，小孩看到獅子時都跑去躲在媽媽的背後。沒有一個人跟他們說話。街上有許多商店，桃樂絲看到裡面的東西都是綠色的。綠色的糖果和綠色的玉米花正以特價出售，還有綠色的鞋子、綠色的帽子和各種綠色的衣物。有一個男人在賣綠色的檸檬，小孩子跟他買的時候，桃樂絲看到他們付的錢是綠色的硬幣。

那裡似乎沒有馬或其他動物。男人用綠色的小推車載東西，在後面推。每個人好像都很快樂、滿足，也很富有。

守門人帶領他們穿過街道，來到一棟大建築物的前面，剛

好是在市中心，那就是偉大奧茲的宮殿。門前有一個士兵，穿著綠色制服，留著長長的綠鬍鬚。

「這些陌生人要晉見偉大的奧茲。」守門人說。

「進來吧，我會替你們通報。」士兵回答。

他們就進入宮殿的門，被帶進一個大房間，裡面有綠色的地毯和鑲著翡翠的可愛綠家具。士兵要他們在綠踏墊上擦擦腳底再走進房間，然後在他們坐下時很有禮貌地說：「請不要拘束，我這就去寶座宮告訴奧茲你們來了。」

他們等了好久，士兵還不回來。等到他終於回來了，桃樂絲就問他：「你見到奧茲了嗎？」

「噢，沒有。」士兵回答：「我從來沒有見過他。他坐在屏風後面，我對他報告你們的事情。他說他允許你們見他一面，如果你們這麼想見他。可是你們每個人都必須單獨進去，他每天只見一個人。所以你們要在宮殿裡住幾天，我會帶你們去房間，讓你們在旅行過後好好休息。」

「謝謝你，奧茲真好心。」桃樂絲回答。

士兵吹了一聲綠口哨，立刻進來一個身穿美麗綠絲袍的女孩，有著漂亮的綠頭髮和綠眼睛。她對桃樂絲深深一鞠躬，然後說：「請跟我去妳的房間。」

桃樂絲就對所有朋友說再見，除了托托以外。她把小狗抱在懷裡，跟著綠女孩穿過七條走廊，爬上三段樓梯，來到宮殿前的房間。那是世界上最美好的小房間，有柔軟、舒適的

床，上面鋪著綠色絲質床單和綠色天鵝絨床罩。房間中央有個小噴泉，把綠色的香水噴到空中，再落到美麗的綠色大理石雕盆上。漂亮的綠花插在窗子上，而且有個架子排滿綠色的小書。桃樂絲有時間翻閱這些書籍時，發現裡面都是一些古怪的綠色圖片，令她哈哈大笑，因為太有趣了。

衣櫥裡有許多綠色的衣服，都是用絲、綢緞和天鵝絨做的，對桃樂絲來說都很合身。

「把這裡當成妳的家吧，需要什麼東西就搖搖鈴。奧茲明天早上會召見妳。」綠女孩說。

她把桃樂絲單獨留在房裡，回去帶領其他人。每個人都被帶到自己的房間，都覺得住的是宮殿裡非常舒適的地方。當然這份體貼對稻草人來說很浪費，因為他一個人在房間裡，就一直站在門邊等到天亮。他不需要躺下來休息，也不能閉上眼睛，所以整晚都盯著一隻在房間角落織網的小蜘蛛，好像這房間並不是世界上最美好的。錫樵夫很習慣躺在床上，因為他記得自己還是肉身的情形，可是他睡不著，就整夜上上下下地移動關節，確定身體運作良好。獅子寧可睡躺在森林裡的乾樹葉上，也不喜歡被關在房間裡，可是牠夠理智，不讓這件事困擾牠，因此跳到床上像隻貓蜷曲身體，很快就呼嚕嚕地睡著了。

隔天早上，吃過早餐，綠女孩來通知桃樂絲，幫她穿上最漂亮的長袍──用綠錦緞做成的。桃樂絲又套上綠色的絲質圍

裙，在托托的頸子綁綠色的緞帶，就出發去拜見偉大奧茲。

他們先是來到一個大廳，裡面有很多朝廷的紳士淑女，全都穿著華麗的服裝。這些人沒事可做，只是在互相交談，但是每天早上都會等在外面，儘管一直得不到奧茲的召見。桃樂絲進來時，他們都好奇地看著她，其中一人低聲說：「妳真的準備好要去見那可怕的奧茲嗎？」

「當然，如果他要見我的話。」桃樂絲回答。

「噢，他會見妳的。」之前幫她向奧茲報信的士兵說：「雖然他並不喜歡讓別人去見他。事實上，起先他很生氣，他說我應該把你們送回去。後來他問我妳長什麼樣子，我提到妳那雙銀色的鞋子時，他很有興趣。最後我告訴他妳額頭上的印記，他就決定要見妳了。」

這時傳來一聲鈴響，綠女孩就對桃樂絲說：「信號來了，妳必須單獨進入寶座宮。」

她打開一道小門，桃樂絲就大膽地走過去，發現裡面是一個奇妙的地方。那是個很大的圓形房間，有高高的圓頂，牆壁、天花板和地板都緊密貼著大塊翡翠。天花板中間有個大燈，和太陽一樣明亮，使翡翠發出璀璨的光芒。

可是最令桃樂絲感興趣的是擺在房間中央，用綠色大理石做的大王座。它的形狀像椅子，發出寶石的亮光，就像其他的陳設。椅子中間有個無比巨大的頭，沒有身體支撐，也沒有手臂或雙腳。頭上沒有毛髮，可是有眼睛、鼻子和嘴巴，

比最大的巨人還要大。

桃樂絲驚奇地看著這顆頭，那慢慢轉動，以銳利而穩重的眼神看著他的眼睛讓桃樂絲十分害怕。不久那張嘴巴動了起來，桃樂絲聽到聲音說：「我是偉大、可怕的奧茲。妳是誰，爲什麼要找我？」

那大頭發出的聲音並沒有預料中的恐怖，所以她鼓起勇氣回答：「我是渺小、溫順的桃樂絲，我是來請你幫忙的。」

那對眼睛盯著她足足有一分鐘，似乎在思考。然後又有聲音說：「妳是怎麼得到那雙銀鞋子的？」

「從東方的壞女巫那裡得到的，我的房子掉在她身上，把她殺死了。」她回答。

「妳額頭上的印記是怎麼來的？」那道聲音繼續問。

「那是北方的好女巫跟我說再見時親吻我，叫我來找你時留下的記號。」桃樂絲說。

那對眼睛又銳利地望著她，發現她說的是真話。奧茲又問她：「妳要我爲妳做什麼？」

「把我送回堪薩斯，也就是艾姆嬸嬸和亨利叔叔住的地方。」她認真地說：「我不喜歡你的國家，雖然這裡是這麼的美。我離開那麼久，艾姆嬸嬸一定很擔心。」

那對眼睛眨了三次，然後仰望天花板，俯視地板，又奇怪地轉動，好像要看遍房間的每個部分。最後那對眼睛又定在桃樂絲身上。

「我爲什麼要幫助妳？」奧茲問。

「因爲你很強大，而我是脆弱。因爲你是偉大的巫師，而我只是個無助的小女孩。」她回答。

「可是妳有強大的力量，可以殺死東方的壞女巫。」奧茲說。

「那只是碰巧而已，不是我能控制的。」桃樂絲說得很乾脆。

「好吧。」奧茲說：「我的回答是這樣，妳沒有權利要我把妳送回堪薩斯，除非妳做了什麼事來回報我。在這個國家，每個人要得到什麼東西都必須先付出。如果妳希望我用魔法把妳送回家，妳就必須先爲我做事。幫助我，我就會幫助妳。」

「我應該做什麼？」桃樂絲說。

「殺死西方的壞女巫。」奧茲說。

「可是我沒有這個能力！」桃樂絲大喊，非常驚訝。

「妳殺死了東方的女巫，而且穿著法力強大的銀鞋。現在這個國家只剩下一個壞女巫了，等到妳告訴我她死了，我就會把妳送回堪薩斯，在那之前是不可能的。」

桃樂絲開始哭泣，她是這麼的失望，而那對眼睛再度眨眼，焦急地望著她，好像偉大的奧茲覺得，只要她願意就幫得上這個忙。

「我從來沒有故意去殺人，就算我願意，又要怎麼殺掉壞

女巫呢？連偉大、可怕的你都不能殺死她了，怎麼能指望我去殺她呢？」她嗚咽說著。

「我不知道。」奧茲說：「可是那是我的回答，除非壞女巫死了，否則妳是沒辦法再見到嬸嬸和叔叔的。記住，那女巫很壞，非常壞，一定要殺死才可以。現在妳走吧，任務完成之前，不要再來見我。」

桃樂絲悲傷地離開，回到獅子和稻草人、錫樵夫等待的地方，他們想知道奧茲說了什麼。

「我沒有希望了，因為奧茲不肯送我回家，除非我去殺死西方的壞女巫，可是那種事我哪裡做得到。」女孩說得好悲傷。

朋友們都為她難過，卻幫不了什麼忙，她就回到自己的房間，躺在床上哭到睡著。

隔天早上，有綠鬍鬚的士兵去跟稻草人說：「跟我來，奧茲要召見你。」

稻草人就跟著他去，獲准進入大寶座宮，看到一個無比美麗的女人坐在翡翠寶座上。她身穿綠色的薄紗，平滑的綠髮上戴著寶石皇冠。她的肩膀長著翅膀，色彩艷麗，看起來好輕，好像連最輕微的氣息都會搧動它們。

稻草人在那美麗的人物面前，行了個以塞著稻草的人來說最優雅的禮。她甜美地看著他說：「我是偉大、可怕的奧茲。你是誰，為什麼要見我？」

稻草人非常吃驚，原本以為會見到桃樂絲跟他說過的大頭，但是他還是勇敢地回答：「我只是個塞著稻草的稻草人，沒有腦子，所以來這裡請求妳讓我的頭有腦子而不是稻草，我就能夠變得和妳統治的人一樣。」

「為什麼我要為你做這件事？」奧茲說。

「因為妳很聰明，而且能力高強，其他人沒辦法幫我。」稻草人說。

「我從來不做沒有回報的事。」奧茲說：「我頂多只能答應你，如果你為我殺死西方的壞女巫，我就賜給你很多腦子，有了那麼多好腦子，你會變成整個奧茲國中最聰明的人。」

「妳不是已經要桃樂絲去殺女巫了？」稻草人驚訝地說。

「是的。我不介意由誰去殺她。可是除非她死了，不然我不會成全你的願望。現在你走吧，等到你有資格得到你那麼渴望的腦子時，再來見我。」

稻草人很難過地回去見朋友，告訴他們奧茲說的話。桃樂絲很訝異，偉大的巫師竟然不是一顆大頭，而是個美女。

「還不是一樣，她和錫樵夫都需要一顆心。」稻草人說。

隔天早上，有綠鬍鬚的士兵去跟錫樵夫說：「奧茲要召見你。跟我來。」

錫樵夫就跟著他，進入大寶座宮。他不知道奧茲究竟會是個美女還是個大頭，他希望是個美女。他暗自想著：「因為

如果是顆大頭，我一定得不到一顆心，畢竟連大頭自己都沒有心了，當然不會同情我。可是如果是個美女，我就可以努力求得一顆心，因為據說所有女人都有一副好心腸。」

樵夫進入大寶座宮時，他看到的既不是大頭，也不是美女，因為奧茲這次變成了最可怕的野獸。牠幾乎和大象一樣巨大，綠色的寶座似乎無法承擔牠的重量。野獸的頭就像犀牛，只是臉上有五個眼睛。身體長出五條長手臂，同樣有五條長長的瘦腿。每個部分都覆蓋著濃密的毛髮，沒有人想像得出比牠更恐怖的怪物。幸好錫樵夫在那時沒有心，不然那顆心會因為恐懼而跳得又快又響。可是由於是錫做的，他一點都不害怕，只是非常失望。

「我是偉大、可怕的奧茲。」那隻野獸以嘶吼的聲音說：「你是誰，為什麼想要見我？」

「我是錫做的樵夫，所以我沒有心，不能去愛。我請求你賜給我一顆心，我就能夠和其他人一樣。」

「我為什麼要為你做這件事？」奧茲質問他。

「因為我有這個需要，而只有你能夠成全我。」錫樵夫回答。

奧茲聽了就低吼一聲，粗魯地說：「你想要有一顆心，就要努力去得到。」

「怎麼努力？」樵夫問。

「幫桃樂絲去殺死西方的壞女巫。」野獸回答：「等那女

巫死了，你來找我，我就會給你整個奧茲國中最大、最善良，也最有愛心的心。」

錫樵夫不得不難過地回到朋友身邊，告訴他們他所看到的恐怖野獸。他們都很驚奇，偉大的奧茲竟然會顯出那麼多形象。獅子就說：「如果我去見他時，他是隻野獸，我就會吼出最大的聲音，讓他嚇得不得不答應我所有的要求。而如果他是個美女，我會假裝要撲到她身上，強迫她會成全我。而如果他是顆大頭，就必須任我擺佈，因為它會被我在房間裡滾來滾去，直到他答應給我們想要的東西。所以高興一點，朋友們，結果會很順利的。」

隔天早上，綠鬍鬚士兵就帶獅子來，叫牠進去見奧茲。

獅子立刻進門，四處張望，卻很驚訝地發現，寶座前面有一顆火球，那光芒是那麼的猛烈，使牠很難逼視。牠第一個念頭是，奧茲可能意外著火而燒了起來，可是牠想要靠近時，熱氣強得把牠的鬍鬚燒焦了，使牠抖著身體爬回靠門的地方。

一道低沈、平和的聲音從火球傳出，它說：「我是偉大、可怕的奧茲。你是誰，為什麼要見我？」獅子就回答：「我是膽小的獅子，什麼都怕。我來找你是要請你賜給我勇氣，我就可以真的像人類所說的，成為野獸之王。」

「我為什麼要給你勇氣？」奧茲質問牠。

「因為你是最偉大的巫師，只有你能成全我的願望。」獅

| 桃樂絲聽見有道低沈的聲音傳出

子回答。

火球猛烈地燃燒了一會兒，發出聲音說：「把壞女巫已死的證據帶來給我，我就會馬上給你勇氣。可是只要那女巫還活著，你仍然是個膽小鬼。」

獅子聽到這句話感到很生氣，可是牠說不出話來，只能安靜地站著，眼看那火球燒得越來越熱，牠就轉過身，從房間竄出。牠很高興朋友們都在等著，就說出了面對巫師的可怕過程。

「我們現在要怎麼辦呢？」桃樂絲難過地說。

「我們只能去做一件事，就是去西方找到壞女巫，把她消滅。」獅子回答。

「如果我們做不到呢？」女孩說。

「我就永遠得不到勇氣了。」獅子表示。

「我就永遠沒有腦子了。」稻草人接著說。

「我就永遠沒有心了。」錫樵夫說。

「我就永遠見不到艾姆嬸嬸和亨利叔叔了。」桃樂絲哭了起來。

「小心啊！」綠女孩大叫，「眼淚會掉在妳的綠絲袍上，留下污點。」

桃樂絲就擦乾眼淚說：「我想我們一定要去試試。可是我可以確定，就算再也見不到艾姆嬸嬸，我也不想殺死任何人。」

「我會跟你們去，可是我實在太膽小了，沒辦法殺死女巫。」獅子說。

「我也會去。」稻草人表示：「可是我幫不上什麼忙，我太笨了。」

「我連傷害女巫的心都沒有，可是你們要去的話，我當然也要跟去。」錫樵夫說。

大家因此決定隔天一早就出發。樵夫用綠色的磨刀石把斧頭磨利，並且把所有關節都塗上油。稻草人用新鮮的稻草塞滿身體，桃樂絲為他用新漆重描眼睛，讓他看得更清楚。綠女孩對他們很好，幫桃樂絲把籃子裝滿好吃的東西，還用綠絲帶在托托的脖子綁上一個小鈴鐺。

他們早早上床，熟睡到天亮，直到被住在宮殿後院的綠公雞啼叫，以及母雞下綠蛋時的咯咯叫聲給吵醒。

第12章　尋找壞女巫

留綠鬍鬚的士兵帶他們穿過翡翠城的街道，抵達守門人居住的房間。這個守門人解下他們的眼鏡，放回大盒子裡，然後禮貌地為四個人打開城門。

「哪一條路可以通到西方的壞女巫那裡？」桃樂絲問。

「沒有路可以去，沒有人想去那裡。」守門人回答。

「那我們要怎麼找她呀？」女孩問。

「很容易。」那人回答：「因為她一知道你們在溫基國，就會去找你們，把你們變成她的奴隸。」

「也許不會，因為我們是去消滅她。」稻草人說。

「那不一樣。」守門人說：「從來沒人能消滅她，所以我當然認為她會把你們抓去當奴隸，就像她對其他人所做的事。你們要保重，因為她又壞又凶狠，可能不會讓你們把她消滅。你們只要一直沿著太陽下山的方向走去，就一定可以找到她。」

他們謝謝他，道別後就朝著西邊，走過柔美的草地，到處點綴著雛菊和金鳳花的田野。桃樂絲仍然穿著在宮殿穿上的美麗絲袍，可是現在她驚訝地發現，那不再是綠色的了，而是純白色的。托托脖子上的綠絲帶也褪了色，和桃樂絲的衣

| 奧茲王國的軍隊帶領眾人穿越大街

服一樣白。

翡翠城很快就被拋在後面。他們越往前走，地面就越崎嶇，也越來越陡，因為西方沒有農莊或房舍，土地也沒有任何開墾。

到了下午，太陽把他們的臉曬得熱烘烘，因為沒有樹木給他們遮蔭，所以那天晚上，桃樂絲和托托、獅子都很累，一躺在草地上就睡著了，樵夫和稻草人則在一旁看守。

話說西方的壞女巫雖然只有一隻眼睛，視力卻和望遠鏡一樣強，每個地方都看得到。所以她坐在城堡的門口四處張望時，看到躺下來睡著的桃樂絲，以及旁邊的朋友。他們還離得很遠，可是壞女巫很氣他們闖進她的領土，就吹響了掛在脖子上的銀哨子。

一大群狼立刻從四面八方湧來。牠們有長長的腿、凶猛的眼睛和銳利的牙齒。

「去找那些人，把他們撕成碎片。」女巫說。

「妳不想把他們抓來當奴隸嗎？」狼群的頭子說。

「不了。」她回答：「一個是錫做的，一個是稻草做的，有一個是女孩，另一個是獅子，沒有一個適合做工，所以你們可以把他們撕成小碎片。」

「很好。」那隻狼說，隨後就以全速跑開，後面跟著其他的狼。

幸好稻草人和樵夫睜著眼睛，聽到狼群的聲音。

「我來應戰。」樵夫說：「躲到我後面，牠們過來時，由我來對付牠們。」

他拿起磨得很利的斧頭，當狼群的首領跑來時，錫樵夫舉起手臂，砍下那隻狼的頭，使牠立刻斃命。他又舉起斧頭時，來了另一隻狼，同樣倒在錫樵夫的利刃下。總共有四十隻狼，被殺死的也有四十隻，所以到了最後，他們都在錫樵夫的面前堆成小山。

他放下斧頭，在稻草人旁邊坐下。稻草人對他說：「幹得好，朋友。」

他們一直等到隔天早上桃樂絲醒來。桃樂絲看到一大堆毛茸茸的狼屍時相當害怕，可是錫樵夫將事情的經過告訴她，她感謝樵夫救了他們的命。接著她坐下來吃早餐，然後繼續上路。

這天早上，壞女巫來到城堡門口，用她的獨眼往遠處望去，發現她所有的狼都死了，而那群陌生人仍在她的領土中行走。她比之前更生氣了，就吹了兩聲銀哨子。

馬上就有足以遮蔽整個天空的一大群野烏鴉飛過來。壞女巫對烏鴉王說：「立刻飛到那群陌生人那裡，啄瞎他們的眼睛，把他們撕成碎片。」

野烏鴉就成群飛向桃樂絲和她的同伴那裡。桃樂絲看到牠們飛過來時覺得好害怕，可是稻草人說：「我來應戰。在我旁邊躺下，你們就不會受傷。」

所以他們全部躺在地上，只有稻草人站著舉起手臂。烏鴉看到他時都很害怕，就像那些鳥看到稻草人時的反應，不敢再靠近。可是烏鴉王說：「那只是個填充的人，我這就去啄掉他的眼珠子。」

　　烏鴉王撲向稻草人，稻草人一把抓住牠的頭，脖子一扭，牠就斷氣了。又一隻飛向他，稻草人同樣扭斷牠的脖子。總共有四十隻烏鴉，而稻草人總共扭斷四十次脖子，到了最後所有死屍都堆在他面前。然後他叫同伴起身，再度踏上旅程。

　　壞女巫又往外張望時，看到她所有的烏鴉都躺成一堆時，真是火冒三丈，就吹了三次銀哨子。

　　空中馬上傳來響亮的嗡嗡聲，一大群黑蜜蜂朝她飛了過來。

　　「去找那群陌生人，把他們螫死！」女巫下令，蜜蜂就轉過身，快速飛到桃樂絲和同伴行走的地方。可是樵夫看到他們過來了，稻草人也決定好要怎麼應付牠們。

　　「拿出我的稻草，撒在小女孩和狗、獅子身上。」他對樵夫說：「蜜蜂就螫不到他們了。」錫樵夫就依照囑咐，在桃樂絲摟著托托緊靠著獅子時，用稻草把他們都蓋起來。

　　蜜蜂飛過來，發現只有樵夫可以螫，就都撲向他，卻一點都傷不了他。因為蜜蜂的刺受損就活不了，黑蜜蜂的生命就這樣結束，在樵夫四周疊成厚厚的一層，好像一堆黑木炭。

桃樂絲和獅子站起來，女孩幫錫樵夫把稻草塞回稻草人身上，讓他恢復原狀。然後他們再度上路。

　　壞女巫看到她的黑蜜蜂堆得像小煤炭堆高時，氣得跺腳、拉扯自己的頭髮，並且咬牙切齒。她於是召來十二名溫基人奴隸，給他們尖銳的矛，要他們去找那群陌生人，把他們消滅。

　　溫基人並不勇敢，可是他們必須聽話，就邁開大步走到靠近桃樂絲的地方。獅子發出一聲怒吼，就撲向他們，可憐的溫基人嚇得拔腿就逃。

　　回到城堡時，壞女巫用皮帶抽打了他們一頓，叫他們回去工作，然後坐下來思考下一步要怎麼做。她不明白為什麼消滅那群陌生人的計策都失敗了，可是女巫有強大的法力，也夠狠毒，很快就決定好要怎麼行動。

　　她的櫥櫃裡有一頂金色的無邊帽，上面鑲著一圈鑽石和紅寶石。這頂無邊帽帶有魔力，擁有它的人可以召喚三次有翅膀的猴子，牠們會遵從任何指令，但是沒有人可以命令這種奇怪的生物超過三次。壞女巫已經施用過兩次帽子的魔力，一次是使溫基人變成她的奴隸，讓自己統治他們的國家。有翅膀的猴子幫助她做到這件事。第二次是她對抗偉大的奧茲時，把他趕出西方的領土。有翅膀的猴子在那時也幫了她的忙。她只能再用一次這頂金色的無邊帽，因此除非其他法力都用盡了，否則她並不想使用。可是現在她凶猛的狼群、野

烏鴉和螫人的蜜蜂都死了，而她的奴隸又被膽小的獅子嚇跑，她想這是唯一可以消滅桃樂絲那群人的方法。

所以壞女巫從櫥櫃拿出金色的無邊帽，放在頭上。然後她用左腳站立，慢慢唸著：「伊－貝，貝－貝，卡－開！」

接著她用右腳站立，再唸：「希－洛，霍－洛，哈－囉！」

然後用雙腳站立，大聲叫著：「吉－吉，主－吉，吉克！」

魔法生效了。天空變暗，空中傳來低沈的隆隆聲。先是許多翅膀的窸窣聲、很大的喧嘩和笑聲，然後太陽從黑暗的天空露出，看得出壞女巫已經被一群猴子包圍，牠們的肩膀上都有一對巨大有力的翅膀。

有一隻的個子比其他還大，似乎就是牠們的首領。牠飛向女巫說：「這是妳第三次，也是最後一次召喚我們。妳有什麼吩咐？」

「去找那些在我領地上的陌生人，把他們全部消滅，但是那隻獅子除外。」壞女巫說：「把那隻野獸帶來給我，我要把牠當馬騎，還要叫牠做工。」

「遵命。」領袖說。又是一陣喧嘩和噪音，有翅膀的獅子飛到桃樂絲和朋友行走的地方。

有些猴子抓住錫樵夫，帶著他飛到空中，來到佈滿尖石的地方。可憐的樵夫就這樣被丟下來，從高處墜落到岩石上，

因此嚴重毀損，既不能動，也叫不出來。

又有些猴子抓住稻草人，用長指頭把他的衣服和頭部的稻草都掏出來，再把他的帽子和靴子、衣服揉成一團，丟到一棵大樹上的樹梢。

其他的猴子則是朝獅子扔下牢固的繩子，把牠的身體和頭腳纏繞好幾圈，直到牠不能咬、抓或掙扎為止。然後牠們帶著牠飛上去，來到女巫的城堡，牠就被安置在一個小院子裡，四周圍著高高的鐵欄杆，使牠無法逃跑。

可是牠們並沒有傷害桃樂絲。她抱著托托站著，看著同伴悲慘的遭遇，心想很快就要輪到自己了。有翅膀的猴子首領飛向她，伸出帶長毛的手臂，醜陋的臉在獰笑，卻看到好女巫在她額頭上親吻的印記，就突然停下，指示其他猴子不要碰她。

「我們不敢傷害這個小女孩。」牠對手下說：「她受到善良力量的保護，那比邪惡的力量還大。我們只能把她帶到壞女巫的城堡，把她丟在那裡。」

牠們就小心地用手臂舉起桃樂絲，帶著她快速飛過天空，來到城堡，把她放在前門的臺階上。然後猴子首領對女巫說：「我們已經盡所能遵從妳的命令。錫樵夫和稻草人都被消滅了，而獅子也被綁起來放在妳的後院。我們不敢傷害小女孩和她懷裡的狗。妳對我們的控制力已經結束，妳再也見不到我們了。」

| 猴子傷害獅子的身體

隨著許多笑聲、喧嘩和噪音，全部有翅膀的猴子都飛到空中，很快就看不見了。

壞女巫看到桃樂絲額頭上的印記時又驚訝又擔心，因為她很清楚，不僅是有翅膀的猴子，連她也不敢傷害這個女孩。她俯視桃樂絲的腳，看到銀色的鞋子，開始嚇得發抖，因為她知道這鞋子具有多麼強大的魔力。起初女巫很想從桃樂絲的面前逃走，可是她無意中直視這孩子的眼睛，發現那後面的心靈是多麼的單純，而且小女孩並不知道銀鞋賦予她的美妙魔力。壞女巫笑一笑，心想：「我還是可以把她當成奴隸，因為她並不知道怎麼使用她的力量。」於是兇巴巴地對桃樂絲說：「跟我來，我說什麼，妳都要記住，不然的話，我就要結束妳的生命，就像錫樵夫和稻草人的下場。」

桃樂絲跟著她在城堡裡走過許多美麗的房間，來到廚房。女巫命令她把鍋盆、水壺洗乾淨，還要掃地板，不斷把柴薪丟進火裡。

桃樂絲溫順地照做，也決定要盡量努力工作，因為她很高興壞女巫選擇不殺她。

既然桃樂絲已經在辛苦工作，女巫心想，她要去院子給膽小獅套上馬具當馬騎，她相信駕駛獅子拉的車去她想去的地方會很好玩。可是她一開門，獅子就大聲吼叫，凶猛地撲向她，女巫一害怕就跑出去把門關上。

「就算不能騎你，我也可以餓死你。」女巫透過門上的欄

杆對獅子說：「除非你聽話，不然就沒得吃。」

從此她就不曾拿食物給囚禁的獅子吃，但是每天都會在中午跑到門邊問：「你準備好給我當馬騎嗎？」

獅子每次都回答：「沒有，妳敢進來院子，我就吃掉妳。」

獅子不必聽女巫指使的原因是，每天晚上當這個女人睡著時，桃樂絲都會從櫥櫃拿東西給牠吃。吃完後，牠會在稻草堆上躺下，桃樂絲就躺在牠的旁邊，把頭靠在牠柔軟、蓬鬆的鬃毛上，然後談論他們的煩惱，計畫如何逃亡。可是他們想不出逃出城堡的辦法，因為隨時都有黃色的溫基人看守。這些人是壞女巫的奴隸，他們太害怕女巫了，不敢違背她的命令。

桃樂絲在白天必須辛苦工作，女巫也常威脅要用她總是拿在手上的雨傘打她，可是由於她額頭上有印記，女巫其實不敢碰桃樂絲。桃樂絲並不知道這一點，一直在為自己和托托憂心。有一次女巫用雨傘打了托托一下，那勇敢的小狗就撲向她，在她的腿上回咬一口。女巫的傷口並沒有流血，因為她的心眼太壞了，體內的血早在很久以前就乾掉了。

桃樂絲的生活越來越難熬，因為她漸漸發現，現在要回堪薩斯再見到嬸嬸比以前更困難了。有時候她會痛哭好幾個小時，托托就坐在她的腿上，看著她傷心地嗚咽，表現對小女主人的同情。

但是，托托並不在乎自己是在堪薩斯還是奧茲國，只要桃樂絲和他在一起就好了，可是牠知道小女孩不快樂，這使牠也快樂不起來。

後來壞女巫很想得到女孩總是穿在腳上的銀鞋。她的蜜蜂和烏鴉、野狼已經疊成一堆乾掉，金帽的魔力也都用完了，可是只要取得銀鞋，她就能夠擁有比她失去的東西加起來還要多的力量。

所以她密切注意桃樂絲，看她是否會脫下鞋子，心想大可以把鞋子偷走。可是這孩子很得意自己有那雙漂亮的鞋子，從來不會脫掉鞋子，除了晚上洗澡的時候。女巫怕黑，不敢在晚上去桃樂絲的房間拿鞋子，而且她怕水比怕黑還嚴重。事實上，這個老女巫從來不沾水，也不讓一滴水沾到她。

可是這個壞傢伙很狡猾，她終於想到一個詭計，可以達成目的。她在廚房的地板中央裝上一條鐵棍，用魔法把鐵棍變成隱形。所以桃樂絲走過地板時，因為看不見而被棍子絆倒，整個人都趴到地上。她沒有受傷，可是跌倒時掉了一隻銀鞋，來不及撿起來，就被女巫搶走，套在她瘦巴巴的腳上。

壞女巫很得意這個計策奏效，因為只要有一隻鞋子，她就有了一半魔力，就算桃樂絲懂得使用，也無法用來對付她。

看到掉了一隻漂亮的鞋子，小女孩氣極了，就對女巫說：「把鞋子還我！」

「不要，現在這是我的鞋子，不是妳的了。」女巫反駁她。

「妳是個壞東西！妳沒有權利拿走我的鞋子。」桃樂絲大叫。

「不管怎樣，我都不會還妳。」女巫對她大笑。「而且我總有一天會拿到妳那一隻。」

桃樂絲聽了更生氣，拿起旁邊的一桶水，就往女巫身上潑去，把她從頭到腳都弄濕了。

壞女巫馬上就嚇得大叫，桃樂絲則驚訝地看著女巫開始縮小消失。

「看妳做的好事！我快要融化了。」她尖叫著。

「我真的很抱歉。」桃樂絲說，真的很害怕女巫會像紅糖一樣在她眼前融化。

「妳不知道水會殺死我？」女巫以哀嚎、絕望的聲音問。

「當然不知道。」桃樂絲回答：「我哪會知道？」

「好吧，再過幾分鐘，我就會融化了，這個城堡就會是妳的了。我在世的時候很壞，可是從沒有想到像妳這樣的小女孩就能夠讓我融化，結束我的惡行。小心，我要走了！」

說完這些話，女巫就倒下來，融成一灘看不出形狀的褐色東西，還蔓延到廚房乾淨的地板上。看到女巫真的融掉了，桃樂絲就又打了一桶水，把地板沖洗乾淨，然後撿起女巫唯一留下的銀鞋，用布擦乾淨，再把它穿在腳上。

終於可以隨心所欲時，她跑到後院，告訴獅子西方的壞女巫已死的消息。他們不用再被關在異地了。

第13章　解救同伴

　　膽小獅很高興壞女巫被一桶水融化了，桃樂絲立刻打開關牠的門，放牠出來。他們一起進入城堡，桃樂絲做的第一件事就是召集所有溫基人，跟他們說，他們不是奴隸了。

　　黃色的溫基人大聲歡呼，因為他們已經為壞女巫辛苦工作許多年，那女人對他們非常殘酷。他們把這一天訂為假日，在當天和以後都要設宴跳舞。

　　「如果我們的朋友，也就是稻草人和錫樵夫和我們在一起，我一定會很高興。」獅子說。

　　「我們不能去救他們嗎？」桃樂絲焦慮地說。

　　「我們試試看。」獅子回答。

　　他們找來黃色的溫基人，詢問他們是否能幫忙搭救，溫基人說，他們很願意盡全力幫忙桃樂絲，因為是她帶給他們自由。所以她選了一些看起來懂很多事的溫基人，然後一道出發。他們花了一天多的時間，才來到錫樵夫跌落的岩石曠野。他的斧頭就在旁邊，可是刀刃已經生鏽，刀柄也折斷了。

　　溫基人小心地把他抬起來，帶回黃色的城堡，桃樂絲看到老朋友的慘況不禁掉了些眼淚，獅子則板著臉，顯得很難

過。到達城堡時，桃樂絲對溫基人說：「你們裡面有錫匠嗎？」

「有的，我們有技術高超的錫匠。」他們說。

「那就帶他們來。」她說。錫匠都來了，帶著裝有全部工具的籃子，她跟他們要求：「你們可以把錫樵夫身上的凹陷弄平，讓他恢復原來的模樣，再銲接他斷裂的地方嗎？」

那些錫匠仔細檢查樵夫，回答說，他們可以把他修得和以前一樣好，於是開始在城堡最大的黃色房間，整整工作了三天四夜。經過敲打、扭彎、銲接、磨亮、用力撞擊樵夫的兩腿、身體和頭部，終於把他調整成老樣子，他的關節也和以前一樣靈活。他的身上多了幾塊補釘，可是錫匠的手藝很好，何況樵夫並不是個虛榮的人，一點都不在乎那些補釘。

最後他走到桃樂絲的房間，感謝她的解救，而且高興得落淚，讓桃樂絲必須用圍裙小心地擦去他臉上的每一顆淚滴，他的關節才不會生鏽。在這同時，與老朋友重逢的喜悅也讓她不斷掉淚，只是這些淚水並不需要擦去。至於獅子，他不停地用尾巴末端擦眼睛，使得那裡都濕透了，而不得不到後院，在太陽下晾乾。

「如果有稻草人和我們在一起，我會很快樂。」錫樵夫聽桃樂絲說完事情的經過時說。

「我們一定要去找他。」女孩說。

她於是找來一些溫基人幫忙，一起走了一天多的路，才來

｜錫匠晝夜不斷工作

到一棵大樹下，有翅膀的猴子就是把稻草人的衣服扔在那一棵樹的上方。

那棵樹很高大，而且樹幹平滑，沒有人爬得上去，可是樵夫立刻說：「我來把它砍下，就可以拿到稻草人的衣服了。」

錫匠們在修補樵夫的身體時，有一名職業是金匠的溫基人，用純金做了個斧頭柄，接在樵夫的斧頭上，代替原先斷裂的柄。另一些人則把刀刃磨利，去除上面的鏽，使它閃亮得像是光潔的銀。

樵夫一說完話，就開始砍樹，那顆樹很快就轟地一聲倒下，稻草人的衣服從樹梢掉落，滾到地上。

桃樂絲把衣服撿起，讓溫基人帶回城堡，重新塞進乾淨的稻草，稻草人就回來了，和以前一模一樣。他不斷感謝救了他們的人。

現在他們團圓了，桃樂絲和朋友在黃色的城堡過了幾個快樂的日子，在那裡找到所有可以舒適生活的東西。可是有一天，女孩想起了艾姆嬸嬸，就說：「我們一定要回去找奧茲，要他實現諾言。」

「對，我終於可以得到我的心了。」錫樵夫說。

「我可以得到腦子了。」稻草人歡喜地說。

「我可以得到勇氣了。」獅子邊想邊說。

「我可以回堪薩斯了。」桃樂絲拍手大叫：「我們明天就出發去翡翠城！」

他們一致同意。第二天，他們召集溫基人，跟他們告別。溫基人很難過他們要離開，而且他們越來越喜歡錫樵夫，希望他留下來治理這個黃色的西方。發現他們執意要離開時，溫基人給托托和獅子戴上金項圈，送給桃樂絲鑲有鑽石的漂亮手鐲，給稻草人一把金柄手杖，讓他免於跌跤，而錫樵夫則收到銀油罐，上面鑲著金子和珍貴的寶石。

他們每個人的回報是向溫基人做了一番精采的演說，與他們握手，直到手臂痠痛為止。

桃樂絲走到女巫的櫥櫃，在籃子裡裝滿路上吃的食物，看到一頂金帽，就試試戴在頭上，覺得很合適。她不知道這頂金帽帶有魔力，只覺得它很漂亮，就決定戴著它，而把自己的遮陽帽放進籃子。

準備好以後，他們就出發去翡翠城，溫基人為他們歡呼了三次，並給予很多祝福。

第14章　有翅膀的猴子

　　你們一定記得，壞女巫和翡翠城之間並沒有道路銜接，連一條小徑也沒有。四名旅行者來找女巫時，她看到他們來了，就派有翅膀的猴子把他們抬過來。要回去穿越那一大片金鳳花和黃色雛菊的原野比被抬過來困難多了。當然他們知道，一定要往東走，面向升起的太陽，朝著正確的方向出發。可是到了中午，太陽高掛在頭上時，他們仍不知道哪裡是東，哪裡是西，這就是他們在大原野迷路的原因。然而，他們仍然繼續走，直到晚上月亮出來，投下亮光。他們在充滿甜香的黃花叢中躺下，一覺到天亮，但是稻草人和錫樵夫除外。

　　隔日早上，太陽被一片烏雲遮住，但他們還是出發了，好像很確定要往哪裡走。

　　「如果走得夠遠，我相信一定會去到某個地方。」桃樂絲說道。

　　可是過了一天又一天，他們眼前只有黃色的原野，看不到其他東西。稻草人開始有點抱怨。

　　「我們一定迷路了。」他說：「除非趕快找到路抵達翡翠城，不然我永遠都得不到腦子。」

「我也得不到心。」錫樵夫宣稱：「我已經等不及要見到奧茲了，你必須承認，這段旅程夠漫長的。」

「知道嗎，哪裡都到不了的話，我就沒有勇氣再走下去。」膽小獅哭著說。

桃樂絲也失去信心了。她在草地上坐下，看著同伴，他們也坐下來看著她。而托托這輩子第一次發現自己累得沒辦法去追從頭上飛過的蝴蝶，而只是伸出舌頭喘氣，同時看著桃樂絲，好像在問她接下來要做什麼。

「如果我們呼喚田鼠，牠們也許會告訴我們去翡翠城的路。」她提議。

「牠們一定可以，為什麼我們之前沒想到呢？」稻草人叫著。

桃樂絲吹響自從田鼠皇后給她以後一直掛在脖子上的小哨子。隔了幾分鐘，他們聽到小腳啪嗒走動的聲音，許多小灰鼠跑向她。其中有一隻是田鼠皇后，以她短促的尖聲問道：「有什麼事要我為朋友效勞嗎？」

「我們迷路了，可以告訴我們翡翠城在哪裡嗎？」桃樂絲說。

「當然可以。」皇后回答：「可是那是在很遠的地方，因為你們一直在往反方向走。」她注意到桃樂絲的金帽，就說：「妳怎麼不利用那頂帽子的咒語，召來有翅膀的猴子？不用一個小時，牠們就會把你們送回奧茲國。」

「我不知道它有咒語。」桃樂絲驚奇地說：「這是什麼？」

「就寫在金帽裡面。」田鼠皇后說：「不過如果妳要召來有翅膀的猴子，我們就要先跑開，因為牠們喜歡惡作劇，覺得欺負我們很好玩。」

「牠們會傷害我嗎？」女孩焦慮地問。

「不會的，牠們一定要聽從帽主的吩咐。再見！」田鼠皇后一下子就溜走了，所有田鼠都緊跟在後。

桃樂絲看了看金帽內側，裡面寫著一行字，她想那一定是咒語，就小心地閱讀上面的指示，然後把帽子戴回頭上。

「伊－貝，貝－貝，卡－開！」她說，用左腳站立。

稻草人不知道她在做什麼，就問她：「妳說什麼？」

桃樂絲再唸：「希－洛，霍－洛，哈－囉！」這回是用右腳站立。

「哈囉！」錫樵夫平靜地回答。

「吉－吉，主－吉，吉克！」桃樂絲說，現在是用雙腳站立。咒語說完了，他們就聽到喧嘩與拍翅的聲響，一群有翅膀的猴子飛向他們。猴王對桃樂絲深深一鞠躬，問她：「妳有什麼吩咐？」

「我們想要去翡翠城，卻迷路了。」桃樂絲說。

「我們會帶你們去。」猴王說，話一說出，就有兩隻猴子用手臂托著桃樂絲飛走。其他猴子也托起稻草人、錫樵夫和獅子，有一隻小猴子則抓著托托，跟在大家後面，雖然那隻

狗努力要咬牠。

　　稻草人和錫樵夫起初好害怕，因為他們還記得有翅膀的猴子之前怎麼陷害他們，可是這回他們看得出這群猴子沒有惡意，就相當愉快地飛過空中，慢慢欣賞遠在底下的美麗花園和森林。

　　桃樂絲覺得自己騎在兩隻大猴子之間非常輕鬆，其中一隻就是猴王。牠們用手搭成一把椅子，小心避免傷到她。

　　「你們為什麼要聽從金帽的咒語呢？」

　　「說來話長。」猴王笑著說：「既然我們有一大段路要飛，妳想聽的話，我就告訴妳。」

　　「我很想聽。」她回答。

　　「我們以前是自由的。」猴王開始說：「在大森林快樂地生活，在樹上飛來飛去，吃堅果和水果，隨心所欲，根本不需要稱呼別人主人。也許我們有些猴子太調皮了，會飛下去扯沒有翅膀的動物尾巴、追逐鳥兒，還會對穿過森林的人丟堅果。可是我們無憂無慮，充滿樂趣，享受每一天的每一刻。那是許多年以前的事，那時候奧茲還沒有從雲裡面冒出來統治這塊土地。

　　「那時在遙遠的北方住著一個美麗的公主，她也是個法力強大的女巫師，會用所有法力來幫助人，而且絕不會傷害善良的人。她的名字是『葛葉蕾』，住在一棟用大塊紅寶石建造的漂亮宮殿裡。每個人都愛她，可是她最大的缺憾是找不

到可以愛的對象，因為所有男人都太笨也太醜了，配不上她的美麗和聰明。可是最後她還是找到了一個英俊、有男子氣概，而且智慧超齡的男孩。葛葉蕾決定等他長大成人就要嫁給他，就把他迎進紅寶石宮殿，用所有的魔法使他變得強壯、善良和可愛，任何女人都會欣賞。他長大後，這個名叫『克拉拉』的的青年據說是全國最好、最有智慧的男人，而他的模樣是那麼的俊俏，使葛葉蕾非常愛他，趕著準備婚禮。

「我的祖父那時是有翅膀的猴子王，住在靠近葛葉蕾宮殿的森林裡，那老傢伙愛開玩笑的程度比飽吃一頓還要大。有一天，就在婚禮前，我祖父和一些夥伴飛出去，看到克拉拉走在河邊。他穿著粉紅色絲綢和紫絨布做的盛裝，我祖父想要測試他的能耐，就發令和夥伴飛下去抓克拉拉，帶著他飛到河中央，把他丟進水裡。

「『游上岸吧，好傢伙！』我祖父叫著，『看看河水會不會弄髒你的衣服。』克拉拉很聰明，他當然會游泳，而且沒有被他的好運氣給寵壞。他笑了笑，浮上水面，游到岸邊。可是葛葉蕾跑出來看到他的絲絨衣都被河水泡壞了。

「公主非常生氣，當然知道是誰幹的好事。她要全部有翅膀的猴子來到她面前，起先說要把牠們的翅膀都綁起來，像牠們對克拉拉那樣，把牠們丟進河裡。可是我祖父拼命懇求，翅膀猴子在水裡時翅膀綁著一定會淹死，克拉拉也為牠們求情，葛葉蕾才饒了牠們，但是有個條件，就是有翅膀的

猴子要聽從三次金帽主人的要求。這頂帽子是送給克拉拉的結婚禮物，據說讓公主耗掉整個王國的一半資產。當然我祖父和其他猴子立刻答應這個條件，這就是為什麼我們要為金帽主人當三次奴隸，不論他是誰。」

「他們後來呢？」桃樂絲問，對這個故事很有興趣。

「克拉拉是金帽的第一個主人。」猴子回答：「他第一個對我們許願。由於他的新娘不想再看到我們，他在婚後在森林召喚我們，命令我們永遠都不能再讓葛葉蕾看到一隻有翅膀的猴子，我們很樂意遵從，因為我們都很怕她。

「我們一直很遵守這件事，直到金帽落入西方的壞女巫手中，她叫我們把溫基人變成奴隸，後來又把奧茲趕出西方的領土。現在金帽是妳的了，妳可以對我們許三次願望。」

猴王說完故事時，桃樂絲往下看，發現眼前就是閃著綠光的翡翠城牆。猴子飛行的速度令她十分驚訝，可是她很高興旅程結束了。這群奇怪的傢伙把旅行者小心地放在城門前，猴王對桃樂絲深深一鞠躬，然後就飛走了，後面跟著牠的夥伴。

「這趟旅程好愉快啊。」桃樂絲說。

「對，也是儘快解困的方式。」獅子說：「幸好妳把那頂帽子帶來了。」

｜猴子抓走桃樂絲

第15章　奧茲的眞面目

　　四名旅行者走到翡翠城的大門按鈴。鈴聲響了好幾次，來開門的是他們見過的那個守門人。

　　「咦！你們回來了？」他驚訝地問。

　　「你不是看到我們了嗎？」稻草人回答。

　　「可是我以爲你們去找西方的壞女巫了。」

　　「我們是去找她了。」稻草人說。

　　「她讓你們回來？」守門人驚奇地說。

　　「她不得不，因爲她被融化了。」稻草人解釋。

　　「融化！那眞是個好消息。」那人說：「誰把她融化了？」

　　「桃樂絲。」獅子嚴肅地說。

　　「太好了！」守門人叫著，在她面前一鞠躬，身體彎得很低微。

　　然後他帶領他們進入自己的小房間，和上一次一樣，爲他們鎖上從大盒子拿出來的眼鏡。然後他們穿過翡翠城門，人們聽守門人說他們把西方的壞女巫融化了，就都聚在這群人的旁邊，他們就在一大群人的簇擁下來到奧茲的宮殿。

　　有綠鬍鬚的士兵仍在門口看守，可是他立刻就讓他們進去，他們再度遇到美麗的綠女孩，也立刻被一一帶到老房

間，在那裡休息，直到偉大的奧茲準備好接見他們。

士兵已直接向奧茲報告說，桃樂絲和其他旅行者消滅了壞女巫，已經回來了，可是奧茲沒有回應。他們以為偉大的奧茲會立刻召見他們，他卻沒有。第二天、第三天、在那之後，還是沒有他的消息。等待的時日又煩又悶，他們終於生氣了，奧茲怎麼可以在派他們去受苦受難之後，以這麼差的態度對待他們。稻草人最後要綠女孩帶另一個口信給奧茲說，如果他不馬上讓他們進去見他，就要請有翅膀的猴子來幫忙，看他要不要守信用。巫師收到這份訊息時非常惶恐，就傳話說，請他們在隔天早上九點四分到寶座宮來。他在西方見過一次有翅膀的猴子，可不想再看到牠們。

四名旅行者過了一個無眠的夜晚，每個人都在想著奧茲答應賞賜的禮物。桃樂絲只睡了一會兒，夢到她在堪薩斯，艾姆嬸嬸告訴她，多麼高興她的小女孩回來了。

隔日早上九點一到，綠鬍鬚的士兵就來接他們，過了四分鐘，他們就都走進了偉大奧茲的寶座宮。

當然每個人都以為巫師會顯出之前的模樣，沒想到房間裡一個人也沒有，令他們非常驚訝。他們站在靠門的地方，彼此靠得很緊，因為安靜的空房間比他們看過的奧茲模樣更嚇人。

不久，他們聽到聲音，似乎是從圓頂上方傳過來的。那聲音莊嚴地說：「我是偉大、可怕的奧茲，你們為什麼要見

我？」

　　他們又看遍了整個房間，沒有看到人。桃樂絲就問：「你在哪裡？」

　　「我無所不在。」那聲音說：「對凡人來說，我是眼睛看不見的。我現在坐在寶座上，妳可以和我講話。」事實上那聲音似乎就直接來自那張寶座，他們就向前排成一列，由桃樂絲開口說：「我們來要求你實現諾言，奧茲。」

　　「什麼諾言？」奧茲問。

　　「你答應我，等消滅了壞女巫，就要送我回堪薩斯。」女孩說。

　　「你答應說要給我腦子。」稻草人說。

　　「你答應說要給我一顆心。」錫樵夫說。

　　「你答應說要給我勇氣。」膽小獅說。

　　「壞女巫真的被消滅了嗎？」那聲音問，桃樂絲覺得聽起來有點顫抖。

　　「是的。」她回答：「我用一桶水讓她融化了。」

　　「天哪！」那聲音說：「真是意外！好吧，明天來見我，給我時間想一想。」

　　「你已經有太多時間想了。」錫樵夫火大地說。

　　「我們一天也不要多等。」稻草人說。

　　「你一定要實現給我們的諾言！」桃樂絲說。

　　獅子心想可以嚇嚇那個巫師，就大吼一聲，又凶猛又可

怕，讓托托驚慌地從牠旁邊跳開，把擺在角落的屏風打翻。聽到碰撞聲，他們都往那裡看過去，而且大吃一驚。因爲他們看到屏風裡面站著一個矮小、禿頭、滿臉皺紋的老人，他似乎和他們一樣驚訝。錫樵夫舉起斧頭，衝向小矮人大叫說：「你是誰？」

「我是偉大、可怕的奧茲。」小矮人以顫抖的聲音說：「可是別打人，請不要打！你們要我做什麼都可以。」

他們驚訝地看著他，有點灰心。

「我以爲奧茲是個大頭。」桃樂絲說。

「我以爲奧茲是個美女。」稻草人說。

「我以爲奧茲是隻可怕的野獸。」錫樵夫說。

「我以爲奧茲是個火球。」獅子叫著。

「不，你們都錯了。」小矮人柔順地說：「那都是我假裝的。」

「假裝！」桃樂絲大叫：「你不是偉大的巫師？」

「噓，親愛的。」他說：「不要說得那麼大聲，別人會聽到，那我就完蛋了。大家都以爲我是偉大的巫師。」

「你不是嗎？」她問。

「一點也不是，親愛的，我只是個普通人。」

「你不只是普通人，你是個騙子。」稻草人以悲傷的口氣說。

「沒錯！」小矮人邊說邊搓手，好像聽到那句話很高興。

「我是個騙子。」

「可是那太糟糕了，這下子我要怎麼得到心呢？」錫樵夫說。

「我的勇氣呢？」獅子說。

「我的頭腦呢？」稻草人邊哭邊用衣袖擦眼淚。

「我親愛的朋友。」奧茲說：「不要提這些小事了。想一想我被拆穿時會有什麼下場。」

「沒有人知道你是個騙子嗎？」桃樂絲說。

「沒有人知道，除了你們四個，還有我自己。」奧茲回答：「我騙了每個人這麼久，以為永遠都沒有人知道。讓你們進來寶座宮是天大的錯誤，通常我連臣民都不見的，這樣子他們才會以為我是個可怕的人物。」

「可是，我不明白。」桃樂絲很疑惑。「你要怎麼在我面前顯出大頭的模樣呢？」

「那是我使的把戲。」奧茲回答：「請過來這裡，我來告訴你們那是怎麼做的。」

他帶領他們走到寶座後面的小房間，指著一個角落，那裡放著那個大頭，是用許多厚紙板做成的，上面仔細描出了人臉。

「我用鐵絲吊在天花板上。」奧茲說：「然後站在屏風後面拉著線，使眼睛活動，嘴巴也可以張開。」

「那聲音怎麼辦？」她問。

「噢，我會說腹語。」小矮人說：「我可以把聲音帶到任何地方，讓人以為就是來自這顆頭。這裡還有其他用來欺騙你們的東西。」他給稻草人看他裝成美女時穿的衣服和面具，錫樵夫也看到那可怕的野獸不過是用許多皮革縫起來的，裡面用木條撐開。至於那顆火球，假巫師也是把它吊在天花板上，那其實是個棉球，倒些油在上面，就會燒得猛烈。

「真是的。」稻草人說：「你應該為自己感到羞恥，因為你是個大騙子。」

「我當然覺得很慚愧。」小矮人悲傷地說：「可是那是我唯一能做的事情。請坐下來，這裡有很多椅子，我要告訴你們我的經歷。」

他們就坐下來聽他講了以下的故事。

「我是在奧瑪哈出生的……」

「咦，那裡離堪薩斯不很遠！」桃樂絲大叫。

「不遠，可是離這裡可遠得很。」他說，難過地對桃樂絲搖頭。「我長大以後，接受一個大師的訓練，成為很厲害的腹語藝人。我可以模仿任何鳥兒或野獸的叫聲。」他像小貓一樣喵喵叫著，使得托托豎起耳朵，四處張望，想知道那小傢伙在哪裡。奧茲繼續說：「過了一段時間，我覺得很膩，就當起了飛汽球的人。」

「那是在做什麼？」桃樂絲問。

｜奧茲勇於承認自己是個騙子

「馬戲團來的時候，需要有個人乘著汽球上升，吸引群眾花錢來看馬戲團。」他解釋說。

「噢，我知道。」她說。

「有一天，我乘著汽球要飛上去時，繩子纏住了，使得我下不來，汽球一直飄到雲上面，高得被一陣氣流捲走，把我帶到許多公里外的地方。我在空中飛了整整一天一夜，第二天早上醒來時，發現汽球飄在一個奇怪又美麗的地方。

「汽球慢慢地飄下來，我一點也沒有受傷，接著就發現自己被一群奇怪的人包圍，他們看到我從雲端走下來，以為我是個偉大的巫師。當然我也讓他們這麼想，因為他們很怕我，什麼事都願意為我做。

「為了消遣，也為了讓這些好人有事做，我命令他們建造這座城市和我的宮殿，他們都很心甘情願，也做得很好。然後我認為，既然這個國家是這麼翠綠美麗，我就叫它『翡翠城』，而且為了讓這個名字更加貼切，我要每個人都戴上綠色的眼鏡，使他們看到的一切都是綠色的。」

「可是這裡的東西不都是綠色的嗎？」桃樂絲問。

「綠色的東西不會比其他的城市多。」奧茲說：「可是你戴上了綠色的眼鏡，當然看到的東西就全是綠色的了。翡翠城是在很久以前建造的，我被汽球帶來這裡時還很年輕，現在已經很老了。可是我的人民在眼睛上戴著綠鏡片已經很久了，大部分人都真的以為這裡是翡翠城，當然這個地方真的

很美，充滿寶石和貴金屬，還有一切讓人快樂的好東西。我對人民很好，他們喜歡我，可是自從宮殿建好以後，我就把自己關起來，不想見任何人。

「我害怕很多事情，女巫是其中之一。雖然我沒有一點法力，卻很快就發現，女巫真的能夠做很多神奇的事。這個國家總共有四個女巫，統治著住在東、西、南、北方的人民。幸好南北兩方的女巫有善心，我知道她們不會傷害我，可是東西兩方的女巫非常惡毒，要不是她們以為我的法力比她們還大，一定會來消滅我。這也就是說，我多年來都對她們有很大的恐懼，所以妳可以想像，聽到妳的房子壓死了東方的女巫時，我有多麼的高興。妳來找我時，我真的很願意答應妳任何事情，只要妳能把另一個女巫收拾掉。可是現在妳把她融化了，我只能慚愧地說，我沒有辦法實現諾言。」

「我認為你是很壞的人。」桃樂絲說。

「噢，不是的，親愛的，我其實是非常好的人。不過我要承認，我是個很壞的巫師。」

「你不能給我腦子嗎？」稻草人問。

「你不需要腦子。你每天都在學習新的東西。嬰兒雖然有頭腦，知道的事情卻很少。唯有經驗才能帶給你知識，而你活得越久，就越能夠得到經驗。」

「你說得可能都對。」稻草人說：「可是除非你給我頭腦，不然我不會快樂。」

假巫師仔細地看看他。

「好吧。」他說著，嘆了一口氣。「我說過，我不是什麼魔術師，可是如果你明天早上再來找我，我可以把腦子塞進你的頭，只不過我沒辦法告訴你要怎麼使用，你必須自己去想辦法。」

「噢，謝謝，謝謝你！」稻草人大叫：「我會想辦法去使用，絕不害怕！」

「那我的勇氣呢？」獅子著急地問。

「你的勇氣夠多了，這我很確定。」奧茲回答：「你只需要對自己有信心。每個人在面對危險時都會害怕。真正的勇氣是在害怕時仍然能面對危險，而在這方面你已經有很多勇氣了。」

「也許我有，可是我還是很害怕。」獅子說：「除非你給我那種可以使人忘記害怕的勇氣，不然我不會快樂。」

「好吧，明天我會給你那種勇氣。」奧茲回答。

「我的心呢？」錫樵夫問。

「哎，說到那個。」奧茲回答：「我覺得你想要一顆心是不對的。心使大部分的人不快樂。但願你能夠明白，你沒有心是很幸運的事。」

「那要看你是怎麼想的。」錫樵夫說：「對我來說，如果你給我一顆心，我就會忍受所有的不愉快，一點都不抱怨。」

「好吧。」奧茲溫順地說：「明天來找我，你就會得到一

顆心。我已經扮演巫師很多年，大可以再多演一會兒。」

「該我了。」桃樂絲說：「我要怎麼回堪薩斯？」

「這我們必須想一想。」小矮人說：「給我兩、三天來思考這個問題，我會想個法子帶妳越過沙漠。在這同時，我會把你們當成貴賓一般看待，你們住在宮殿裡時，我的人民會侍候你們，再小的事情也會為你們做。我只希望你們用一件事來回報我的幫助，雖然這個幫助並不大。你們必須保守秘密，不告訴任何人我是個騙子。」

他們同意不透露知道的事情，然後興高采烈地回到自己的房間。連桃樂絲都希望她所稱呼的「那偉大、可怕的騙子」想得出送她回堪薩斯的方法，如果真是這樣，所有的一切她都可以原諒。

第16章　大騙子的奇技

　　隔天早上，稻草人對朋友說：「恭喜我吧，我要去找奧茲，終於可以得到腦子了。等我回來時，就會和其他人一樣聰明。」

　　「我一直都喜歡你現在的樣子。」桃樂絲只是這麼說。

　　「妳真好心，會去喜歡一個稻草人。」他回答：「可是等妳見到我的新頭腦產生了不起的思想時，妳對我的評價會更高。」他以愉快的聲音對所有人說了再見，就走到寶座宮敲門。

　　「進來。」奧茲說。

　　稻草人走進去，看到小矮人坐在窗邊，正在沈思。

　　「我來拿我的腦子。」稻草人說著，有點不自在。

　　「噢，對，請坐在那張椅子上。」奧茲回答：「我得先拿下你的頭，才能將你的腦子塞在適合的地方。這你可要包涵。」

　　「沒關係。」稻草人說：「你可以把我的頭拿下來，只要你放回去的是更好的頭。」

　　巫師取下他的頭，掏空裡面的稻草，然後進入後面的房間，拿來一些麥麩，裡面混有大頭針和縫衣針。他把東西搖

匀，塞進稻草人的腦裡，剩下的空隙就用稻草塞滿，以便固定。接著他把那顆頭接回稻草人的身體，跟他說：「從此以後，你就是偉大的人了，因爲我給了你很多新麥麩腦子。」

稻草人達成了願意，覺得好高興，也很驕傲，他熱情地謝了謝奧茲，回到朋友那裡。

桃樂絲好奇地看了看他。他的頭頂因爲腦子而脹大。

「你覺得怎樣？」她問。

「覺得自己好聰明。」他認眞地回答：「等我習慣了這個腦子，就可以什麼都知道了。」

「爲什麼那些針從你的頭突出來呢？」錫樵夫問。

「那表示他的腦子夠敏銳。」獅子說。

「我要去找奧茲拿我的心了。」錫樵夫說。他來到寶座宮敲門。

「進來。」奧茲大喊。錫樵夫走進去說：「我來拿我的心。」

「好。」小矮人說：「可是我要先在你的胸膛挖一個洞，才能把心放在正確的地方。希望這不會傷害你。」

「噢，不會的。」錫樵夫說：「我一點感覺也沒有。」

奧茲就拿出一個錫剪，在錫樵夫的左胸剪出一個小方洞，然後從抽屜拿出一個漂亮的心，那是用絲布塞進木屑做成的。

「這是不是很漂亮？」他問。

「確實很漂亮！」錫樵夫回答，非常高興。「可是這是一顆善心嗎？」

「是的，非常和善！」奧茲回答，把心放進樵夫的胸膛，再把方形的錫片放回去，仔細焊接剪除的部分。

「好了。」他說：「現在你有了任何人都會感到驕傲的心了。很抱歉讓你的胸膛出現貼補的痕跡，這是不得已的。」

「不用介意這個痕跡。」快樂的樵夫大聲說：「我很感謝你，永遠不會忘記你的恩德。」

「別提了。」奧茲回答。

錫樵夫回到朋友那裡，朋友都祝他這份幸運能為他帶來快樂。

現在換獅子走到寶座宮敲門了。

「進來。」奧茲說。

「我是為我的勇氣來的。」獅子走進來說。

「好，我會給你的。」奧茲回答。

他走到一個櫥櫃，從高高的架子上取下一個綠色的方瓶，把裡面的東西倒進雕得很漂亮的金綠色盤子裡，擺在膽小獅的前面。獅子嗅一嗅，好像不怎麼喜歡，巫師就開口說：「喝下去。」

「這是什麼？」獅子問。

「如果進到你的體內，它就是勇氣。當然，你知道勇氣總是在人的體內，所以要等到你吞下去，才可以真的把它叫做

| 稻草人覺得自己很聰明

勇氣。建議你儘快喝下它。」

　　獅子不再遲疑，把盤子裡的東西喝光。

　　「你現在覺得怎樣？」奧茲問。

　　「充滿了勇氣。」獅子回答，然後快樂地回到朋友那裡，告訴他們自己的好運。

　　奧茲單獨一個人帶著微笑想著，他順利帶給稻草人、錫樵夫和獅子自以為需要的東西。「當所有人都要我做到誰都知道不可能做到的事情時，我要如何不當騙子呢？要讓稻草人、獅子和樵夫快樂很容易，因為他們想像我無所不能。可是要帶桃樂絲回堪薩斯可不能只有想像力，我確定自己不知道該怎麼做。」

　　氣球升起

　　整整三天，桃樂絲都沒有聽到奧茲的消息。對桃樂絲來說，這三天實在是很不好受，雖然她的朋友都好快樂，也很滿足。稻草人跟他們說，他的頭腦裡有一些美妙的思想，可是他不肯說出來，因為他知道只有他自己能夠了解。錫樵夫走路時感覺得到心在胸膛裡撲撲跳動，他跟桃樂絲說，他發現這顆心比還是肉身時擁有的那一顆還要溫柔善良。獅子也宣稱在這世界上他什麼也不怕，很樂意面對大批人或十多隻凶狠的卡屬達。

　　因此這個小團體的每個成員都很滿意，只有桃樂絲，她比以前更想回到堪薩斯了。

　　到了第四天，奧茲召見她了，讓她好興奮。進入寶座宮時，奧茲愉快地說：「坐下，親愛的，我想我有辦法讓妳離開這個國家了。」

　　「也能回到堪薩斯嗎？」她急切地問。

　　「嗯，我不確定是不是可以回堪薩斯。」奧茲說：「因為我一點都不知道那地方在哪裡。可是先穿過沙漠，然後要找到妳回家的路就簡單了。」

　　「我要怎麼穿過沙漠呢？」她問。

「我來告訴妳我的想法。」奧茲說：「妳知道的，我是坐著汽球來到這個國家，而妳是被龍捲風帶著穿過空中，所以我相信飛行是穿過沙漠最好的辦法。不過我沒有能力製造龍捲風，可是我仔細想過，相信我可以做個汽球。」

「怎麼做？」桃樂絲問。

「汽球是用絲綢做成的，外面塗上膠，把氣體封在裡頭。這座宮殿有許多絲綢，所以要做一個汽球並不困難。可是整個國家都沒有可以讓汽球浮起來的煤氣。」

「如果不能浮起來，對我們就沒有用了。」桃樂絲說。

「沒錯，可是有另一個方法可以讓它浮起來，那就是讓它充滿熱空氣。熱空氣不比煤體好，因為如果空氣變冷了，汽球就會掉進沙漠，我們也會迷失方向。」

「我們！」女孩大叫：「你要跟我去？」

「是的，當然。」奧茲回答：「我厭倦當騙子了。如果我走出宮殿，我的人民馬上會發現我不是巫師，一定會怪我欺騙他們，所以我必須整天都關在房間裡，這樣子實在很悶。我寧可和妳回到堪薩斯，再去找個馬戲團待著。」

「我很高興有你做伴。」桃樂絲說。

「謝謝妳。現在，如果妳幫我把絲綢縫起來，我們就可以開始做汽球了。」他回答。

桃樂絲就拿起針線，一等到奧茲把絲綢剪成適當的形狀，就靈巧地把布塊縫起來。先是一塊淡綠色的絲綢，接著是一

塊深綠色的，再來就是翡翠綠，因為奧茲喜歡讓汽球有不同的色調。他們花了三天時間把所有絲綢縫起來，完成一個大袋子，長度超過六公尺。

奧茲在內側塗上一層薄膠，使袋子不會漏氣，然後宣布汽球做好了。

「不過我們還需要一個可以乘坐的籃子。」他說。於是他叫有綠鬍鬚的士兵拿來一個大洗衣籃，用許多繩子綁在汽球底下。

一切都準備好時，奧茲傳話給人民說，他要去拜訪住在雲裡面的巫師大哥。這個消息很快就傳遍了整個城市，每個人都跑過來看這個壯觀的場面。

奧茲下令把汽球帶到宮殿前面，人民都很好奇地盯著它。錫樵夫已經砍了一大堆木頭，現在就用木頭生起了火。奧茲將汽球底部放在火堆上面，讓絲質袋子包住升起的熱空氣。汽球漸漸膨脹，升到空中，最後只有籃子還能接觸地面。

奧茲爬進籃子裡，以響亮的聲音告訴所有人民：「我現在就要出發去訪問了。我不在時，由稻草人來領導你們。我命令你們要像服從我一樣服從他。」

汽球這時正在和綁在地上的繩子拔河，因為裡面的空氣是熱的，重量比空氣輕很多。如果沒有用力拉著，汽球就會浮上天空。

「過來，桃樂絲！」巫師大叫：「快一點，不然汽球要飛

| 稻草人坐在皇位上

走了。」

「我到處都找不到托托。」桃樂絲回答，她可不想把小狗留下來。托托跑到群眾裡，對著一隻小貓吠叫，桃樂絲好不容易才找到牠。她抱起托托，跑向汽球。

她只剩幾步路，奧茲也伸出雙手，想要把她迎進籃子，卻聽到啪的一聲，繩子斷了，汽球沒有載到她就升到空中。

「回來！」她尖叫著：「我也要去！」

「我沒辦法回來，親愛的。」奧茲從籃子裡大喊：「再見！」

「再——見！」每個人都叫出聲，所有眼睛都往上盯著巫師搭乘的籃子，看著它越升越高，進入空中。

那是他們最後一次看到那神奇的奧茲巫師，雖然我們知道，他很可能安全抵達奧瑪哈，現在就在那裡。可是人民都很懷念他，對彼此說著：「奧茲永遠是我們的朋友。他在這裡時，為我們建造美麗的翡翠城，現在他離開了，卻留下聰明的稻草人來統治我們。」

許多日子過去，他們仍然在為神奇巫師的離開悲嘆，那種失落感是無法彌補。

第18章　前往南方

回去堪薩斯的希望破滅時，桃樂絲哭得很傷心，可是她重新把整件事想了一次，又很高興沒有隨著汽球升空，也為失去奧茲覺得難過，她的朋友也跟她一樣。

錫樵夫過來跟她說：「那個人給了我一顆可愛的心，如果我不為他哀傷，我就太忘恩負義了。我很想為奧茲的離開哭一下，如果妳能好心地幫我擦眼淚，以免我生鏽。」

「我很樂意。」她回答，立刻去拿一條毛巾來。錫樵夫哭了好幾分鐘，桃樂絲細心地注意他的眼淚，幫他用毛巾擦去。哭完時，他衷心感謝桃樂絲，然後用寶石油罐在全身塗上油，以免發生不幸。

稻草人現在是翡翠城的統治者，雖然他不是巫師，人民還是以他為榮。他們說：「這是因為世界上其他城市的統治者沒有一個是填充的人。」就我們所知，他們說得對極了。

汽球帶著奧茲升空後，當天早上，四名旅行者在寶座宮會商。稻草人坐在大寶座上，其他人尊敬地站在他面前。

「我們的運氣不錯。」新統治者說：「因為這座宮殿和翡翠城屬於我們，我們可以想做什麼就做什麼。記得不久以前，我還在農田的竿子上，現在卻是這座美麗城市的統治

者，我對自己的運氣很滿意。」

「我也很高興有了新的心，那真的是這世界上我唯一想要的東西。」錫樵夫說。

「至於我，我和任何野獸一樣勇敢，即使沒有比較勇敢，我還是很滿足。」獅子說得很謙虛。

「如果桃樂絲能甘於住在翡翠城，我們就能快樂地在一起了。」稻草人繼續說。

「可是我不想住這裡，我想去堪薩斯，和艾姆嬸嬸和亨利叔叔住在一起。」

「那該怎麼辦呢？」樵夫問。

稻草人開始動腦筋，努力到針都從腦子裡突出來了。最後他說：「怎麼不召喚有翅膀的猴子，請牠們帶妳穿過沙漠？」

「我怎麼沒有想到呢！」桃樂絲歡喜地說：「就這麼做，我馬上去拿金帽。」

她把金帽拿到寶座宮，說出咒語，一群有翅膀的猴子就從敞開的窗戶飛進來，站在她面前。

「這是妳第二次召喚我們，妳要我們做什麼？」猴王在小女孩面前鞠躬說。

「我想飛到堪薩斯。」桃樂絲說。

可是猴王搖搖頭。

「沒辦法。」牠說：「我們只屬於這個國家，不能離開這裡。從來沒有一隻有翅膀的猴子去過堪薩斯，我想以後也不

會有，因為牠們不屬於那裡。我們很樂意用我們的力量為妳效勞，可是我們不能穿越沙漠。再見。」

猴王又行了個禮，然後張開翅膀，從窗戶飛走，後面跟著整個猴群。

桃樂絲失望得快要哭出來了。

「我白白浪費了金帽的魔力，有翅膀的猴子竟然不能幫助我。」她說。

稻草人又開始思考，他的頭脹得好可怕，桃樂絲擔心它會爆開。

「我們叫那個綠鬍鬚的人過來，聽聽他的意見。」他說。

士兵就被叫進寶座宮。他看起來很提心吊膽，因為奧茲還在時，他從來沒有獲准跨進那道門。

「這小女孩想要穿越沙漠，該怎麼做才好？」稻草人問士兵。

「我不知道，因為除了奧茲自己之外，從來沒有人越過沙漠。」

「有沒有人可以幫助我？」桃樂絲認真地問。

「格達琳也許可以。」他建議。

「格達琳是誰？」稻草人問。

「南方的女巫。她是所有女巫中法力最強的，統治格達琳人。而且她的城堡就在沙漠旁邊，也許會知道怎麼穿越。」

「格達琳是好女巫嗎？」小女孩問。

「格達琳人認為她很好，她對任何人都很和善。」士兵說：「我聽說格達琳是個美麗的女人，她知道怎麼保持年輕，雖然她已經活很久了。」

「我要怎麼去她的城堡？」桃樂絲問。

「那條路直通南方，可是聽說對旅行者很危險。森林裡有野獸，還有一群古怪的人，不喜歡陌生人穿越他們的國家。這就是為什麼沒有格達琳人來到翡翠城的原因。」

士兵離開後，稻草人說：「雖然很危險，但是看來桃樂絲最好出發去南方找格達琳幫忙。因為桃樂絲留在這裡的話，就永遠回不了堪薩斯了。」

「這件事你好好想過了。」錫樵夫說。

「是的。」稻草人說。

「我跟桃樂絲去。」獅子說：「因為你的城市我住膩了，我想念森林和原野。我是隻野獸，你知道的，更何況桃樂絲需要保護。」

「那倒是真的，我的斧頭可以為她效力，所以我也要陪她去南方。」

「我們什麼時候出發？」稻草人問。

「你也要去嗎？」他們驚訝地問。

「當然。多虧了桃樂絲，我才會得到腦子。她把我從田裡的竿子上放下來，帶我來翡翠城。我的好運都是她給的，我絕不會離開她，除非她永遠回到堪薩斯了。」

「謝謝你們。」桃樂絲感激地說：「你們都對我這麼好，可是我想越快出發越好。」

　　「我們明天早上就走。」稻草人說：「我們現在就去準備吧，因為這段旅程會很漫長。」

第19章　戰鬥樹的攻擊

　　隔天早上，桃樂絲跟美麗的綠女孩吻別，所有人都和有綠鬍鬚的士兵握手，士兵一路陪著他們走到城門。守門人再次見到他們時，覺得很奇怪，他們竟然想要離開美麗的城市，出去招引新的麻煩。可是他立刻解開他們的眼鏡，放回綠盒子，祝福他們一路平安。

　　「你現在是我們的統治者了，所以要儘快回來。」他對稻草人說。

　　「當然，只要有這個可能，可是我要先送桃樂絲回家。」稻草人回答。

　　桃樂絲最後向這個溫厚的守門人告別時，她說：「我在你們可愛的城市受到殷勤的對待，每個人都對我很好。我說不出來我有多麼感激。」

　　「不要再說了，親愛的。」他回答：「我們很想留住妳，可是既然妳想回堪薩斯，我希望妳會找到方法。」他打開外牆的城門，他們就往前走，展開新的旅程。

　　陽光普照，這群夥伴朝著南方前進，每個人都精神奕奕，一起談笑。桃樂絲再度充滿回家的希望，稻草人和錫樵夫很高興能幫忙她；至於獅子，牠愉快地嗅嗅新鮮空氣，尾巴快

| 樹枝纏住稻草人

樂地搖擺，因爲又能夠來到原野；而托托則在他們四周跑來跑去，追逐飛蛾和蝴蝶，一直興奮地吠叫。

「都市的生活一點都不適合我，」獅子說著，與大家一起快步走。「自從去到那裡，我就減了許多肌肉，現在我很希望有機會給其他野獸看看我變得多麼勇敢。」

他們回頭看翡翠城最後一眼。見到的是集結在綠牆後面的高樓和尖塔，而聳立在所有建築上方的是奧茲宮殿的尖頂圓蓋。

「奧茲畢竟不是個壞巫師。」樵夫說著，感覺到他的心在胸膛裡撲撲跳動。

「他知道怎麼給我腦子，而且給的是相當不錯的腦子。」稻草人說。

「如果奧茲也吃了一點他給我的勇氣，早就是個勇敢的人了。」獅子接著說。

桃樂絲沒有吭聲。奧茲給的承諾並沒有實現，可是他盡力了，所以桃樂絲原諒了他。如他所說的，他是個壞巫師，卻是個好人。

他們在第一天穿過從翡翠城四周延伸的翠綠田野和鮮麗的花叢，當晚就睡在草地上，頭上只有星光籠罩，可是他們睡得很好。

到了早上，他們繼續往前走，來到一座濃密的森林。沒有路可以繞過去，因爲左右兩邊似乎一望無際，而且他們擔心

會迷路，不敢改變行走的方向，只好去尋找最容易穿越森林的地方。

稻草人走在最前面，終於發現一棵大樹長著廣闊的枝椏，有空間讓這群人穿過去。他走向那棵樹，可是來到第一串樹枝底下時，那些樹枝彎下來纏住他，一下子就把他舉到空中拋出去，讓他一頭栽在同伴的身上。

這並沒有傷到稻草人，但是嚇到了他。桃樂絲扶他起來時，他好像摔得頭暈眼花。

「林子裡有別的空間。」獅子叫著。

「我先來試試，反正被丟出去也不會受傷。」稻草人說著，走向另一棵樹，可是那邊的樹枝立刻抓住他，把他丟回來。

「好奇怪，我們該怎麼辦？」桃樂絲大喊。

「這些樹好像決定要對付我們，阻止我們往前走。」獅子說。

「我要自己來試試看。」錫樵夫說著，扛起斧頭，大步走向對稻草人很粗暴的第一棵樹。一根粗枝彎下來要抓他時，樵夫用力一砍，樹枝就斷成兩截。那棵樹的所有樹枝都開始抖動，好像很痛苦，錫樵夫就安全地從底下穿過。

「來吧！」他對其他人大叫：「快一點！」

他們都跑過去，平安穿過那棵樹底下，只有托托被一根小樹枝抓住，被甩得哀哀叫。可是樵夫馬上就砍斷了那根樹

枝，救出小狗。

　　其他森林裡的樹都沒有試圖阻撓他們，所以他們認為只有第一排樹可以把枝椏彎下來，那些樹可能是森林的警察，具有將陌生人趕走的魔力。

　　四名旅伴穿過那些樹，來到森林深處的邊緣，非常驚訝地發現前面有一道高牆，似乎是用白瓷做的。撫摸起來和盤子的表面一樣光滑，比他們的個子還要高。

　　「我們現在該怎麼辦？」桃樂絲問。

　　「我來做個梯子，我們一定要爬過這道牆。」錫樵夫說。

第20章　精美的陶瓷村

　　樵夫用他在森林裡找到的木頭做梯子時，桃樂絲躺下來睡覺，因為走長路讓她累壞了，獅子也蜷臥著睡著了，托托則躺在牠旁邊。

　　稻草人看著錫樵夫工作，對他說：「我想不出為什麼這裡會有牆，也不知道那是用什麼做的。」

　　「不要想了，也不要為牆煩惱，我們爬過去就知道另一邊是什麼了。」錫樵夫回答。

　　過了一會兒，梯子做好了，看起來很粗糙，可是錫樵夫確定它很堅固，可以應付他們的需求。稻草人叫醒桃樂絲、獅子和托托，跟他們說梯子準備好了。稻草人先爬上梯子，可是他很笨拙，桃樂絲必須緊跟在後，以免他摔下去。頭一伸到牆上，稻草人就說：「哎喲！」

　　「繼續爬呀。」桃樂絲叫著。

　　稻草人就再往上爬，然後在牆上坐下。桃樂絲把頭探出來時，也大喊：「天啊！」跟稻草人的反應一樣。

　　接著輪到托托，牠立刻叫出聲，可是桃樂絲使牠安靜下來。

　　下一個是獅子，錫樵夫殿後。他們倆一從牆上望去，馬上

就大叫：「我的天！」他們成一排坐在牆上俯視，看到一幅奇景。

眼前是一大片田野，地面像大淺盤的底部一樣光滑明亮、白皙。上面散佈著許多完全用陶瓷做成的房屋，漆上最鮮艷的顏色。這些房屋相當小，最大的也才到桃樂絲的腰部。另外還有美麗的小穀倉，四周圍著陶瓷柵欄，許多陶瓷做的牛、羊、馬、豬和雞隻成群地站在那裡。

可是最奇特的是這怪國家的居民。擠牛奶的女工與牧羊女穿著顏色鮮艷的緊身衣，長袍上都是金色的斑點。公主們身上穿的是最華麗的金、銀、紫色連衣裙，牧羊人穿的則是及膝的短褲，上面有粉紅、黃和藍色條紋，鞋子上有金色飾釦。至於王子，他的頭上有珠寶鑲的王冠，身穿貂皮長袍和綢緞緊身上衣。滑稽的小丑戴著打褶的袍子，臉頰上塗著紅圈圈，戴著高而尖的帽子。而最奇怪的是，這些人都是陶瓷做的，連他們的衣服也是，而且個子很小，最高的也只到桃樂絲的膝蓋。

起初都沒有人注意這些旅行者，只有一隻頭部超大的紫色小瓷狗跑到牆邊，以纖細的聲音對他們吠叫，然後就跑開了。

「我們要怎麼下去？」桃樂絲問。

他們覺得梯子太重，拉不上來，稻草人就從牆上跳下去，其他人直接跳到他身上，以免堅硬的地面傷了他們的腳。當

然他們都極盡地避免落在他的頭上，才不會被針刺到。所有人都安全落地之後，他們扶起身體已被壓扁的稻草人，拍拍他的稻草，讓他恢復原狀。

「我們一定要穿過這個奇怪的地方，才能去到另一邊。」桃樂絲說：「因為除了往正南方走，走其他的路線都不聰明。」

他們開始通過瓷人的國家，他們最先遇到的是正在為一隻瓷牛擠奶的瓷製擠牛奶女工。他們走近那隻牛時，牛突然踢了一下，把凳子、桶子，甚至擠牛奶女工都踢倒了，他們全部摔到瓷製的地面上，發出很大的匡噹聲。

桃樂絲很震驚地看到那隻牛斷了一隻腳，那個桶子也破成碎片掉在地上，而那可憐女工的左手肘也出現了裂痕。

「哎呀！」擠牛奶女工氣得大叫：「看看你們做的好事！我的牛斷了腳，我必須帶牠去修理店，請師傅把腳黏上去。你們幹嘛來這裡嚇我的牛啊？」

「我很抱歉，請原諒我們。」桃樂絲回應說。

可是美麗的女工太氣憤了，沒有再說話。她悶悶不樂地撿起牛腳，把牛牽走，那可憐的畜牲只能用三條腿跛行。她離開時，還以責備的眼光回過頭，瞥了那些笨拙的陌生人好幾眼，同時將有裂痕的手肘緊靠在身邊。

對於這場意外，桃樂絲覺得很難過。

「我們在這裡一定要很小心。」好心腸的錫樵夫說：「不

｜原來這些人都是用瓷器作的

160

然我們會傷到這些美麗的小人兒，使他們無法復原。」

再往前走了一會兒，桃樂絲遇到衣著最光鮮的小公主，她看到這群陌生人時突然停下腳步，然後就跑走了。

桃樂絲想要多看看那個公主，就跟在後面跑，那瓷女孩卻大叫說：「不要追我！不要追我！」

她細小的聲音好像很害怕，桃樂絲就停下來說：「為什麼不行？」

「因為我跑的時候，可能會跌倒而摔傷。」公主停下腳步回答，保持安全的距離。

「妳不能修補嗎？」桃樂絲問。

「噢，可以，可是妳知道的，修過以後就不會這麼美了。」公主回答。

「我想也是。」桃樂絲說。

「那是丑角先生，我們的一個小丑。」瓷小姐說：「他總是想要倒立，把自己打破太多次了，所以修補過一百個地方，看起來一點都不漂亮。他走過來了，你們可以好好看看他。」

果然有個愉快的小丑往他們這邊走來，桃樂絲看他雖然穿著紅、黃和綠色的美麗衣服，卻全身都是亂七八糟的裂痕，可以明顯看出有許多地方都修補過。

小丑把手伸進口袋，先是鼓起臉頰，對他們傲慢地點點頭，然後說：

美麗的小姐，

妳為何盯著可憐的老小丑先生？

妳是這麼的僵硬呆板，

好像吞了火鉗一樣！

「先生，請安靜！」公主說：「你沒看到這裡有一些陌生人，必須尊敬他們？」

「哦，我希望這就是尊敬。」小丑說著，馬上倒立。

「不要理會小丑先生。」公主對桃樂絲說：「他的腦袋已經裂得很厲害，因此變笨了。」

「噢，我一點都不介意。」桃樂絲繼續說：「可是妳好美啊，我好喜歡妳。妳肯不肯讓我帶妳回堪薩斯，把妳放在艾姆嬸嬸的爐架上？我可以用籃子裝著妳走。」

「那會讓我很不快樂。」瓷公主回答：「妳看，我們在這個國家過著滿足的生活，可以自由走動、說話。可是一被帶走，我們的關節就會馬上變硬，只能筆直地站著，看起來漂亮而已。當然人們希望把我們擺在爐架、櫃子和客廳的桌子上，可是我們在自己國家的生活會愉快許多。」

「我一點都不想讓妳過得不快樂。」桃樂絲叫道：「既然這樣，我就只能跟妳說再見了。」

「再見。」公主回答。

他們謹慎地穿過陶瓷國。小動物和所有人都驚慌地避開他

們，生怕這些陌生人把他們摔壞。過了大約一個小時，這群旅行者就來到了這個國家的另一頭，抵達另一道瓷牆。

這種牆沒有第一道那麼高，他們踩在獅子的背上，就可以勉強爬上去。接著獅子併起四隻腳，跳到牆上，尾巴卻在這當兒將一個瓷教堂翻倒，使它摔得粉碎。

「真糟糕。」桃樂絲說：「可是我們已經很幸運了，除了摔壞一條牛腿和一個教堂，沒有對這些小人兒造成更多傷害。他們實在是太脆弱了！」

「他們真的是。」稻草人說：「我很慶幸自己是稻草做的，不會那麼容易損壞。這世界上竟還有比當稻草人還要糟的事！」

第21章　獅子變成獸王

　　從瓷牆爬下來以後，這群旅行者發現自己身在一個不怎麼愉快的國家，四周都是沼澤和濕地，而且覆蓋著高大、茂密的草。走路時不掉進泥濘的洞裡面是很難的，因為那些草是那麼的濃密，把他們的視線都遮住了。不過，他們小心地選擇路徑，還是安全地來到堅實的地面。可是這個國家似乎比之前遇見的還要廣闊，他們在矮樹叢中走了一段又長又累的路，來到另一座森林，那裡的樹木比之前見過的還要高大、古老。

　　「這個森林讓人覺得好舒服。」獅子說著，高興地四處張望。「我沒有見過比這裡還要漂亮的地方。」

　　「好像有點陰暗。」稻草人說。

　　「一點也不會。」獅子回答：「我希望這一生都能住在這裡。看看腳下的乾葉子有多麼柔軟，還有附在這些老樹上的苔蘚是多麼青翠厚實。當然這是所有野獸所希望的最美好的住處了。」

　　「也許現在就有野獸在森林裡。」桃樂絲說。

　　「我猜這裡有。」獅子回應說：「可是我一隻也沒看見。」

　　他們穿過森林，直到天黑了，沒辦法再走下去。桃樂絲和

托托、獅子躺下來睡覺，樵夫和稻草人則照常在旁邊守候。

天亮時，他們又出發了。還沒有走多遠，他們就聽到低沈的隆隆聲，好像有許多野生動物在咆哮。托托嗚嗚叫了幾聲，可是其他人都不害怕，繼續沿著前人踩出來的小徑走。來到了樹林中的空曠地帶，那裡聚集著幾百隻各種各樣的野獸。有老虎、大象、熊、狼和狐狸，以及自然歷史中的其他動物。在那一刻桃樂絲覺得好害怕，可是獅子解釋說，那些動物是在開會，從牠們的嘶吼和咆哮可以判斷出，牠們遇到大麻煩了。

獅子說話時，有些野獸留意到牠，龐大的群眾就立刻安靜下來，好像中了魔法似的。體型最大的老虎過來對獅子行禮，開口說：「歡迎你，獸王！你來得正好，可以幫我們對抗敵人，為所有森林的動物帶來和平。」

「你們遇到什麼麻煩了？」獅子平靜地說。

「我們都受到威脅了。」老虎回答：「對方是凶惡的敵人，最近才來到這個森林。牠是個無比龐大的怪獸，像隻大蜘蛛，身體有象那麼大，腳和樹幹一樣長。牠有八條長腿，在森林中爬行時，會用一隻腳捕捉動物，把牠送進嘴裡，就像蜘蛛吃蒼蠅那樣。只要這隻凶惡的怪物活著一天，我們一天就不得安寧。你過來時，我們正在開會討論要怎麼保護自己。」

獅子想了一會兒。「森林裡有其他獅子嗎？」他問。

「沒有，本來有一些，但是怪獸把牠們都吃掉了。而且牠們沒有一隻像你這麼大，這麼勇敢。」

「如果我消滅了你們的敵人，你們會向我低頭，把我當森林之王一樣順從嗎？」獅子問道。

「我們非常樂意。」老虎回答，其他野獸也都發出同樣響亮的吼聲：「我們願意！」

「現在那隻蜘蛛在哪裡？」獅子問。

「在那邊的橡樹林。」老虎說，用前掌指著。

牠跟同伴說了聲再見，驕傲地大步走去迎戰敵人。

獅子發現那巨大的蜘蛛時，牠正躺著睡覺，看起來好醜，獅子根本就瞧不起牠。蜘蛛的腳果然像老虎所說的那麼長，牠的身體覆蓋著粗黑的毛髮，還有個大嘴巴，裡面有一排三十公分長的獠牙，可是牠的頭與矮胖的身軀是由細得像蜂腰的脖子連接。這讓獅子想到了攻擊這個怪物的妙方，知道趁牠睡覺時攻擊會比牠醒來時容易，因此牠用力跳起來，直接撲到怪物的背上，然後用帶有利爪的沈重腳掌一揮，把蜘蛛的頭從身體上打掉。獅子跳下來，看著蜘蛛的長腳慢慢停止扭動，確定牠已經死了。

獅子回到空地上，森林的野獸都在那裡等著。牠驕傲地宣布：「你們不必再害怕那個敵人了。」

野獸們都向獅子行禮，稱牠為王，獅子則答應說，等桃樂絲安全回到堪薩斯，就會立刻回來統領牠們。

第22章　格達琳村

　　四個旅行者安全地穿過其餘的森林，從陰暗中走出來時，看到眼前是一座陡峭的小山，從山頂到底下都覆蓋著大石。

　　「那一定很難爬。」稻草人說：「可是我們一定要穿過那座山。」

　　他在前面領路，其他人跟在後面。他們快抵達第一塊岩石時，聽到一道粗獷的聲音大叫：「回去！」

　　「你是誰？」稻草人問。有一顆頭從岩石上面探出來，然後同樣的聲音又說了：「這座山是我們的，我們不准任何人經過。」

　　「可是我們一定要經過這裡，因為我們要去格達琳國。」稻草人說。

　　「可是你們不能！」那聲音回答後，有個他們見過的最奇怪的人從岩石後面走出來。

　　他長得又矮又胖，有一顆平頂的大頭，由一條滿是皺紋的粗脖子支撐。可是他一條手臂也沒有。看到這一點，稻草人就不害怕了，因為這個人沒有能力阻止他們上山。他說：「我很抱歉不能照你的話做，不論你高不高興，我們都一定要經過你們的山。」他大膽地往前走。

｜鎚子頭擊中稻草人

那人的頭快得像閃電一樣射出去，脖子一直伸到平坦的頭頂，擊中稻草人，使他栽下來，一路翻滾到山下。那顆頭和之前同樣迅速地回到身上，一邊發出刺耳的笑聲一邊說：「這可不像你所以爲的那麼容易！」

另一邊的岩石傳來吵雜的笑聲，桃樂絲看到幾百個沒有手臂的鎚子頭站在山坡上，每塊岩石後面都有一個。

這陣笑聲是稻草人的災難所引發，令獅子非常生氣，牠發出怒吼，產生閃電似的回聲，然後往山上衝去。

又有一顆頭迅速冒出，大獅子就好像被大砲擊中一樣滾下山坡。

桃樂絲跑下山扶稻草人站起來，獅子也跑到她的身邊，覺得渾身痠痛。牠說：「沒辦法對抗這些會射擊的頭，沒有人抵擋得了。」

「那我們該怎麼辦？」她問。

「召喚有翅膀的猴子吧。」錫樵夫建議：「妳還有一次傳喚牠們的權利。」

「好。」她答道，戴上那頂金帽，說出神奇的咒語。猴子來得和以前一樣快，不到幾分鐘，就全部站在她前面。

「妳有什麼吩咐？」猴子深深鞠躬說。

「帶我們翻過這座山到格達琳國。」女孩回答。

「遵命！」猴王說著，有翅膀的猴子就把四名旅行者和托托用手臂架起，帶著他們飛起來。經過山上時，鎚子頭都氣

憤地大喊大叫，把頭高高地射到空中，卻打不到有翅膀的猴子。猴子們帶著桃樂絲和她的同伴安全地越過山頂，將他們放在美麗的格達琳國。

「這是妳最後一次召喚我們。」猴王對桃樂絲說：「所以再見了，祝妳好運。」

「再見，非常謝謝你們。」女孩回答。猴群飛到空中，一轉眼就消失蹤影。

格達琳似乎是富裕而快樂的國家，有一畦畦成熟的穀物，其中交錯著鋪造良好的道路，還有美麗的小溪流，上面橫跨著堅固的橋樑。欄杆和房屋、橋樑都塗著鮮紅色，就像溫基國所塗的黃色和曼其金國的藍色。格達琳人長得矮矮胖胖，看起來圓滾滾的，和藹可親，全都穿著紅衣服，與綠色的草地和黃色的穀子形成強烈的對比。

猴子把這群旅行者放在一座農莊的旁邊，他們四人就走過去敲門。一個農婦出來開門，桃樂絲向她要東西吃，婦人就讓他們吃了頓豐盛的晚餐，附帶三種蛋糕和四種餅乾，還有一碗牛奶給托托。

「這裡離格達琳的城堡有多遠？」女孩問。

「這條路不好。」農婦說：「走去南方的那條路，你們很快就會達到。」

他們謝謝這個好心的婦人，恢復了精神，就走過田野，穿越精巧的橋，就看到一座美麗的城堡。門前有三個年輕女

孩，身穿氣派的紅色制服，上面有金色的穗帶。桃樂絲走過去時，其中一個問她：「妳們來這個南方國度做什麼？」

「我們是來見統治這裡的好女巫，妳可以帶我去見她嗎？」桃樂絲回答。

「告訴我妳的名字，我就去問格達琳是否要接見妳。」他們分別報上名，女兵就進到城堡裡面。過了一會兒，她回來說，桃樂絲可以馬上和同伴進去。

第23章　好女巫實現桃樂絲的願望

　　他們去見格達琳，不過先被帶到城堡中的房間，桃樂絲在那裡洗洗臉，梳梳頭，獅子抖落鬃毛上的塵土，稻草人把自己拍打成最好看的形狀，錫樵夫則是把他的錫皮磨亮，在關節上抹油。 他們都顯得光鮮亮麗之後，就跟著女兵進入一個房間，格達琳女巫就坐在一個紅寶石鑲成的寶座上。

　　在他們眼中，她又漂亮又年輕。她的頭髮是深紅色，滑順的捲髮垂到肩上。她的衣服是純白色的，可是眼睛是藍的，親切地望著小女孩。

　　「孩子，我可以為妳做什麼？」她問。

　　桃樂絲把她所有的事情告訴她：龍捲風把她帶到奧茲國、她如何找到同伴，又及他們所遇到的神奇經歷。

　　「我現在最大的願望是回到堪薩斯，因為艾姆嬸嬸一定會以為我發生了不幸，那會讓她很悲傷，而除非今年的收穫比去年好，不然亨利叔叔也會承受不了。」

　　格達琳靠過來親吻這可愛小女孩往上仰的甜美面龐。

　　「祝福妳可愛的心。」她說：「我一定可以告訴妳回堪薩斯的路。」她接著說：「可是，如果我告訴妳，妳一定要給我那頂金帽。」

「我很樂意！」桃樂絲大叫。「事實上，帽子現在對我也沒有用了，妳有了它，就可以指揮三次有翅膀的猴子。」

「我想我需要叫牠們服務三次。」格達琳帶著微笑說。

桃樂絲把金帽拿給她，女巫就對稻草人說：「桃樂絲離開以後，你要做什麼？」

「我要回翡翠城，因為奧茲要我統治那座城，而且那裡的人民喜歡我。我唯一擔心的是要怎麼越過鎚子頭的山。」

「靠著金帽，我可以命令有翅膀的猴子帶你回翡翠城，不然讓那些人失去這麼好的統治者是很可惜。」

「我真的很好嗎？」稻草人問。

「你很不尋常。」格達琳回答。

她轉向錫樵夫問道：「桃樂絲離開這個國家以後，你會怎麼樣？」

他倚在斧頭上，想了一會兒，然後說：「溫基人對我很好，在壞女巫死掉時，他們希望我來統治他們。我很喜歡溫基人，如果可以回西方，我最想做的事就是永遠統領他們。」

「我對有翅膀的猴子下的第二個命令就是帶你安全回到溫基國。」格達琳說：「你的頭腦看起來也許沒有比稻草人大，可是你真的比他機靈，只要你磨得很亮。我相信你可以聰明地把溫基人治理得很好。」

接著女巫轉向毛茸茸的大獅子，問牠說：「等桃樂絲回家以後，你要怎麼辦？」

「越過鎚子頭的山，有一座古老的森林，所有的野獸都住在那裡，需要我去當牠們的首領。如果我可以回到那座森林，就可以在那裡快樂地過一輩子。」

「我對有翅膀的猴子下的第三個命令就是帶你回那座森林。」格達琳說：「而把金帽的魔力用完之後，我會把它還給猴王，牠們從此以後就自由了。」

稻草人和錫樵夫、獅子都很誠心地感謝好女巫的仁慈，這時桃樂絲激動地說：「妳的心確實和妳的外表一樣美！可是妳還沒有告訴我要怎麼回堪薩斯啊。」

「妳的銀鞋就可以帶妳越過沙漠。」格達琳說：「如果妳知道那雙鞋子的魔力，早在妳來到這個國家的第一天，就可以回去看妳的艾姆嬸嬸了。」

「可是那樣子我就得不到神奇的腦子了！」稻草人大叫。「我就有可能一生都待在農夫的田裡了。」

「而我就不會得到我可愛的心，可能會站在森林裡生鏽到世界末日。」錫樵夫說。

「而我會一輩子都是個膽小鬼。」獅子斷言說：「所有森林的野獸都不會對我說什麼好話。」

「這倒是真的。」桃樂絲說：「我很高興對這些好朋友有幫助。可是現在他們每個人都得到了最想要的東西，也都很高興有國家可以治理，我想我要回堪薩斯了。」

「那雙銀鞋有神奇的力量。」好女巫說：「其中最奇妙的

是，它只要三步就可以把妳帶到世界上任何地方，而每一步都只需一轉眼的時間。妳唯一要做的是連敲鞋跟三次，命令鞋子帶妳去想去的地方。」

「如果眞是這樣，我馬上就要請它帶我回堪薩斯。」小女孩興奮地說。她摟住獅子的脖子，跟牠吻別，然後溫柔地拍拍牠的大頭。接著她親吻了錫樵夫，他正在哭泣，對關節的危害很大。她又把稻草人填塞的柔軟身體抱在懷裡，但沒有去親他描了五官的臉，這時她發現自己也在掉淚，因爲要離開可愛的同伴令她感傷。

好心的格達琳從紅寶石寶座走下來，跟小女孩吻別，桃樂絲謝謝她對同伴和自己所表現的仁慈。桃樂絲接著嚴肅地抱起托托，最後一次說再見，然後連敲鞋跟三次，嘴裡說：「帶我回艾姆嬸嬸的家！」

她立刻在空中旋轉，速度快得只能看到或感覺到風在她耳邊呼嘯而過。銀鞋只走了三步，她就突然停下來，在草地上翻滾了許多次，才知道身在何處。她終於站起來，看看四周。「天啊！」她大叫。因爲她就坐在堪薩斯廣闊的草原上，前面就是亨利叔叔在龍捲風捲走舊房子以後新蓋的農舍。亨利叔叔正在穀倉擠牛奶，托托已經從桃樂絲的懷裡跳開，高興地跑向穀倉吠叫。

桃樂絲站起來，發現自己只穿著襪子。原來她在空中飛的時候，銀鞋從她腳上鬆脫，永遠遺失在沙漠裡了。

｜女巫跟桃樂絲說：妳必須給我金帽

第24章　回家

　　艾姆嬸嬸剛從房子裡面出來為捲心菜澆水，她頭一抬，就看到桃樂絲正在跑向她。「我親愛的孩子！」她大聲叫著，把小女孩抱在懷裡，不斷地親吻她。「妳到底是從哪裡冒出來的？」

　　「從奧茲國來的，托托也是。」桃樂絲沈重地說。「噢，艾姆嬸嬸！我好高興，終於回家了！」

愛藏本系列

愛藏本系列～01
愛麗絲夢遊仙境
定價200元

路易斯．凱洛◎著／李漢昭◎譯／曾銘祥◎繪圖／甘耀明◎導讀

千面寫手甘耀明先生導讀推薦
世界上流行最廣、影響最大的兒童小說之一，自1865年初版以來，已經有一百多種語言的譯本，被奉為童話經典。

愛藏本系列～02
長腿叔叔
定價200元

琴．韋伯斯特◎著／艾柯◎譯／許建崑◎導讀

東海大學中文系副教授許建崑導讀推薦
一位女孩認真求學的故事：一個充滿陽光與奇蹟的愛情喜劇。一本所有成長中、戀愛中、迷失中的男女必讀的好書。

愛藏本系列～03
大亨小傳
定價230元 特價149元

史考特．費茲傑羅◎著／邱淑娟◎譯／李撓青◎導讀

二十世紀最具代表性的美國經典小說之一
一個因追尋夢想而終致毀滅的故事，深刻描寫了「爵士年代」的希望與熱情、幻想與毀滅。

愛藏本系列～04
羅密歐與茱麗葉
定價200元 特價119元

莎士比亞◎原著／查爾斯、蘭姆◎改編

莎士比亞筆下最浪漫、最引人悲泣的愛情經典故事
英國傑出的散文家查爾斯．蘭姆，將莎士比亞的戲劇作品改編成故事形式，深入淺出的鋪述原著的精神，並收錄《李爾王》、《哈姆雷特》、《仲夏夜之夢》等莎翁最膾炙人口的悲、喜劇。

愛藏本系列～05
小氣財神
定價180元 特價119元

查爾斯．狄更斯◎原著／辛一立◎譯／彭煥群◎插圖

狄更斯最膾炙人口的著作，全球讚譽為「聖誕節聖經」
史酷己，一個吝嗇鬼、守財奴，他相當痛恨耶誕節的來臨。在這個寒冷的夜晚，故友馬利的鬼魂突然出現，請精靈帶領他回顧一生，並指引他看到自私自利將會遭遇到的下場……

愛藏本系列～06
動物農莊
定價180元 特價119元

喬治．歐威爾◎原著／李立瑋◎譯／楊宛靜◎繪圖

政治諷刺小說的最高傑作
一本以動物諷諭人類的政治寓言，痛批二次世界大戰前前後的極權政體，是政治諷刺小說的最高傑作。美國藍燈書屋評選「20世紀百大英文小說」之一。

愛藏本系列～07
青鳥
定價200元 特價119元

莫里斯．梅特林克◎原著／喬治玲、萊勒倫克◎改編／肖俊風、龐艷玲◎譯

世界十大著名哲理童話之一，1911年獲諾貝爾文學獎
《青鳥》深入地訴諸於人的心靈，不僅是為兒童而寫的童話，更是一部蘊含深邃哲理與智慧的夢幻劇。2000年媒體評為「影響法國的五十本書之一」。

愛藏本系列～08
少年維特的煩惱
定價200元 特價119元

歌德◎原著／林惠瑟◎譯／楊宛靜◎繪圖

帶領歌德走上世界文壇的劇作
全書以一代情聖歌德自身的愛情經歷為題材，講述少年「維特」因為反對封建社會，憎惡官僚貴族，在愛情上更遭摧殘打擊而舉槍自盡的浪漫愛情故事…

愛藏本系列～09
彼得潘
定價200元 特價119元

詹姆斯．巴利◎原著／辛一立◎譯／龐艷玲◎繪圖

奇幻文學的經典之作，世界各國耶誕節必演的魔幻劇本
彼得潘、溫蒂、虎克船長、海盜、還有夢幻島上那些不願長大的小孩，故事裡的這些角色譜成了許多人兒童時代的夢。一本富有詩意的哲理童話，喚醒了我們兒時的記憶。

愛藏本系列～10
一位陌生女子的來信
定價200元 特價119元

褚威格◎原著／陳京琛◎譯／鄧柱蘭◎繪圖

褚威格最富盛譽的愛情小說
褚威格是世上最傑出的三大中短篇小說家之一，本書收錄褚威格最富盛譽的愛情小說〈一位陌生女子的來信〉和〈守不住的秘密〉、〈看不見的珍藏〉、〈棋王〉三部刻劃細膩的心理小說。

先知

定價160元 特價99元

卡里‧紀伯倫◎原著／曾惠昭◎譯／楊宛靜◎繪圖

芝加哥郵報譽為代表真理的「小聖經」
《先知》是紀伯倫的代表作。蘊含智慧和哲理，歌
詠著對生命永恆的禮讚，開啟世人的心靈。本書已
被譯成二十幾種文字，僅只美國版本已銷售了超過
兩百萬本。

野性的呼喚

定價200元 特價119元

傑克‧倫敦◎原著／吳凱雯◎譯／楊宛靜◎繪圖

世界動物小說的奠基之作，入選為二十世紀百大英文小說
《野性的呼喚》是傑克‧倫敦最成功的小說，對於
巴克在冰天雪地的艱苦生活、心理上的變化和他與
人類間的情感，都有深刻的描繪，被譽為世界動物
小說的奠基之作。

中英
對照

老人與海

定價200元 特價119元

厄尼斯特‧海明威◎原著／李毓昭◎譯／曾詣祥◎繪圖

1953年普立茲文學獎、1954年諾貝爾文學獎
海明威以精練的文字、細膩的筆觸，生動地刻劃老
漁夫和大魚搏鬥、和大自然對決的過程，老漁夫最
後雖然毫無所獲，他不被乖舛命運擊敗的毅力卻是
值得歌頌的。

中英
對照

再見小王子

定價230元 特價169元

尚皮耶‧達維鐸◎原著／李毓昭、張惠凌◎譯

在《小王子》這本書的最後，安東尼‧聖艾修伯里
留了一個伏筆：「如果有個金髮小人兒出現，他愛
笑又不肯回答問題，你將會知道他是誰。」
如果有這種事情發生，請立刻稍開口信告訴
我，他回來了……

教海鷗飛行的貓

定價160元

路易斯‧塞普維達◎原著／湯世鑄◎譯／牧かほり◎繪圖

因為人類的愚昧，海鷗肯嘉被船隻溢出的石油所
困。瀕死之前，牠把剛產下的海鷗蛋托付給大胖黑
貓索爾巴斯。索爾巴斯糊裡糊塗地應了肯嘉三個請
求──保證不吃海鷗蛋、保證撫養小海鷗、保證教
會小海鷗飛翔…

卡夫卡變形記

定價200元 特價119元

法蘭茲‧卡夫卡◎原著／李毓昭◎譯／楊宛靜◎繪圖

卡夫卡現代主義文學的奠基之作
卡夫卡以寫實的手法描寫人世的荒謬與矛盾，藉由
因現實生活的壓迫而遭「異化」的主人翁，表達現
代人內心的疏離與寂寞。另收錄《飢餓藝術家》和
《巢穴》兩篇著名短篇。

撒種人

定價120元

保羅‧佛萊希曼◎原著／李毓昭◎譯／紅膠囊◎繪

1998年美國圖書館協會青少年最佳圖書
一個小女孩在空地埋下六顆賴馬豆，觸發了其他人
內心深處的想望。居民紛紛在這塊堆滿垃圾的空地
種下希望的花果樹。他們跨越人與人之間的藩籬，
在情感的交流中體會了生命的歡喜。

十五歲的遺書

定價180元

愛麗絲◎原著／顧寧◎譯

少女誤食迷幻藥之後，渴望獲得救贖的真情日記
愛麗絲，一個正值懵懂、徬徨的青春期少女，卻誤
食摻有迷幻藥的飲料，從此之後，她飽受毒品對身
心的各種摧殘，墜入萬劫不復的深淵，終致演變成
永遠無法甦醒的夢魘。

永遠不死

定價180元

鐘‧泰雷翰◎原著／蔡雅娟◎譯／柳惠芬◎繪圖

荷蘭經典動物哲學童話
不會翻觔斗的白鷺鷥、大象的華爾滋、月夜之舞…
…荷蘭文學獎作家鐘‧泰雷翰最受歡迎的28則經典
動物寓言，探索生活中哲學的、有趣的種種事情，
是一本清新幽默的哲學童話。

銀河鐵道之夜

定價200元 特價149元

宮澤賢治◎原著／李毓昭◎翻譯／楊宛靜◎繪圖

日本國寶級作家宮澤賢治百年經典童話
《銀河鐵道之夜》是宮澤最膾炙人口的作品，探討
何謂幸福、生死等問題。本書收錄《大提琴手高辭》
、《要求特別多的餐廳》、《貓咪事務所》等宮澤
賢治最具代表性的作品。

小淘氣尼古拉系列

桑貝・葛西尼◎原著／高憲如◎譯
每本 定價150元

全世界最詼諧幽默的童言童語，大人小孩都無法抗拒的暢銷書。法

國名劇作家葛西尼的逗趣文字，搭配名畫家桑貝的個性插畫，創造出了風

靡全球的小淘氣尼古拉。

愛藏本系列～17
1.尼古拉的煩惱

愛藏本系列～18
2.尼古拉和他的死黨們

愛藏本系列～19
3.尼古拉的夢想

愛藏本系列～20
4.尼古拉的下課時間

愛藏本系列～21
5.尼古拉的假期

愛藏本系列～36
貓の物語
定價200元 特價119元

海明威、愛倫坡等◎著／李毓昭◎譯

世界文學最迷人的貓經典
在15位東西方文豪的帶領之下，結合33幅經典貓畫視覺感受，我們看到貓的機靈、驃悍、優雅與滑稽，在貓的世界中流連忘返。

愛藏本系列～41
柳林中的風聲
定價250元 特價169元

肯尼斯．格雷厄姆◎著 謝世堅◎譯

2003年英國BBC「大閱讀」票選最愛小說 TOP16
春天來了，鼴鼠跳出洞穴來到河岸邊，不久認識了河鼠、蟾蜍和獾，然後展開一連串驚險的奇遇與幽默風趣的故事。

愛藏本系列～37
羅生門
定價200元 特價119元

芥川龍之介◎著／李毓昭◎譯

電影大師黑澤明轟動國際的《羅生門》原著
日本文壇最令人驚嘆的「鬼才」芥川龍之介，短短三十四年的生涯，留下許多令人稱歎的傑作，至今享譽不衰。本書收錄芥川的重要傑出作品，包括〈羅生門〉、〈地獄變〉、〈河童〉等。

愛藏本系列～42
原來如此
定價170元

拉吉雅．吉卜林◎著／張惠凌◎譯

英國第一位諾貝爾文學獎得主，筆下最神奇美麗的故事
駱駝為什麼駝背？貓為何獨來獨往？……吉卜林為了回答女兒提出的這些問題，以機智、幽默的筆調，加上天馬行空的想像，創作出12篇充滿童趣「為什麼」的故事，讀來不禁令人莞爾。

愛藏本系列～38
環遊世界80天
定價250元 特價169元

朱勒．凡爾納◎著／謝梅芬◎譯

創造人類最偉大夢想的冒險經典
為了一場兩萬英鎊的賭注，斐利亞．福克帶著僕人帕斯巴德展開了為期80天的環球冒險之旅……結合豐富的科學知識與高度的想像力，故事驚險刺激，人物刻畫栩栩如生。

愛藏本系列～43
天地一沙鷗
定價180元

李巴哈◎著／林懶雲◎譯察

全球OCLC百大青少年讀物排行榜 TOP6
岳納珊他相信生活的意義絕不僅在填飽肚子，他要追尋更高的生活目標。即使被逐出鷗群，他也不放棄學習更高境界的飛行，要為崇高的理想作永恆的追尋。

愛藏本系列～39
中國妖怪事典
定價200元

水木茂◎著／蘇阿亮◎譯

最具代表性妖怪入門必讀經典
水木茂大師根據中國傳說及神話傳說，引領讀者進入傳說中魑魅魍魎、神怪鬼魅的妖怪國度。讓讀者在閱讀奇幻鬼魅的故事中，細細品味流動在作品深層的妖怪文學之美。

愛藏本系列～44
小淘氣達仙卡
定價99元

卡雷爾．怡佩克◎著／李毓昭◎譯察

紐約時報推薦為狂銷歐、美、日的暢銷經典
小狗達仙卡的可愛天真，歷經大半世紀仍舊深深擄獲世界讀者的心，成了最受全世界喜愛的小狗！

愛藏本系列～40
世界妖怪事典
定價200元

水木茂◎著／吳佩俞◎譯

融合各地妖怪傳說的驚奇之作
水木茂大師根據世界各地神話與傳說，以豐富精緻的繪圖筆法，生動的呈現豐富神祕色彩的妖怪世界，揭開這些妖怪的神祕面紗，一窺妖怪肆虐，百鬼夜行的死靈國度。

愛藏本系列～45
小王子誕生的旅程
定價180元

狩野嘉彥◎圖文／李毓昭◎譯

與小王子飛行的空中大紀行
作者狩野嘉彥從法國經過西班牙、摩洛哥，抵達撒哈拉沙漠，在空中追尋聖艾修伯里以郵機飛行員的身分，所穿越的三千五百公里軌跡，帶領讀者走向《小王子》誕生的旅程以及聖艾修伯里的飛行夢想。

愛藏本系列～50

巫婆卡蜜兒奇遇記　　　　　每本定價199元

Enric Larreula◎故事　Roser Capdevila◎繪圖　李佩菁◎翻

卡蜜兒是一個穿著傳統服裝的現代巫婆，已經活了幾百歲，看起來有點瘋瘋的、神經大條、但是還挺善解人意。但是但是，她真的是超級自戀，她當選過「全宇宙最醜的巫師小姐」喔！

愛藏本系列～51

巫婆卡蜜兒逛世界　　　　　每本定價199元

Enric Larreula◎故事　Roser Capdevila◎繪圖　李佩菁◎翻

她最要好的朋友是一隻紫色貓頭鷹，叫做胖胖眼；當然她還有一支時好時壞的飛天掃把！。他們一起到過巴黎、威尼斯、倫敦、非洲、紐約等世界各地探險，當然，卡蜜兒的瘋狂異想本事，為他們的旅程製造出了無數的驚奇與笑料！

不朽名著，一生愛藏
搗蛋鬼艾洛思系列

橫掃美國書市200萬冊、大人小孩都崇拜的古怪少女！
這本書分為兩部分，前半部描述住紐約廣場大飯店的調皮小女生艾洛思的趣聞；後半部則是因應紀念艾洛思50週年而增加的別冊內容。別冊附有創造出艾洛思的繪圖席拉瑞?奈特以及作者凱?湯普森的相片，還有很多你在其他地方絕對挖不到的資訊和八卦小故事。

橫掃美國書市200萬冊、大人小孩都崇拜的古怪少女！
1957年首度出版，也是最叫好最叫座的一本。從紐約廣場大飯店飄洋過海來到巴黎的艾洛思，在巴黎四處遊走，會搞出什麼花樣？走馬看花些什麼？翻開艾洛思的巴黎之旅隨處都有名人陪伴？來吧！和艾洛思大鬧巴黎，一起驚奇巴黎大開眼界吧。

新書上市

橫掃美國書市200萬冊、大人小孩都崇拜的古怪少女！
艾洛思在紐約廣場大飯店度過聖誕節，一片喜氣洋洋艾洛思和奶媽開心共度聖誕夜兩人拆開互贈的精心禮物，在這個充滿愉快氣息的聖誕佳節，此書經過席拉瑞，奈特重新包裝設計過的版本，另外在美國曾經改拍成電影。

國家圖書館出版品預行編目資料

綠野仙蹤／萊曼·法蘭克·包姆著；李毓昭譯.
--初版.--臺中市：晨星，2006〔民95〕
面； 公分.--（愛藏本；60）

ISBN 986-177-024-0（平裝）

874.59   95008399

愛藏本 60

綠野仙蹤

作者	萊曼·法蘭克·包姆
譯者	李毓昭
文字編輯	王淑華
美術編輯	柳惠芬

發行人　陳銘民
發行所　晨星出版有限公司
　　　　台中市407工業區30路1號
　　　　TEL:(04)23595820　FAX:(04)23597123
　　　　E-mail:morning@morningstar.com.tw
　　　　http://www.morningstar.com.tw
　　　　行政院新聞局局版台業字第2500號
法律顧問　甘龍強律師
印製　知文企業（股）公司　TEL:(04)23581803
初版　西元2006年7月15日

總經銷　知己圖書股份有限公司
　　　　郵政劃撥：15060393
　　　　〈台北公司〉台北市106羅斯福路二段95號4F之3
　　　　　　　　　TEL:(02)23672044　FAX:(02)23635741
　　　　〈台中公司〉台中市407工業區30路1號
　　　　　　　　　TEL:(04)23595819　FAX:(04)23597123

定價 180 元
（缺頁或破損的書，請寄回更換）
ISBN 986-177-024-0
Published by Morning Star Publishing Inc.
Printed in Taiwan

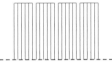
更方便的購書方式：

(1) 網站：http://www.morningstar.com.tw
(2) 郵政劃撥　帳號：15060393
　　　　　戶名：知己圖書股份有限公司
　　請於通信欄中註明欲購買之書名及數量
(3) 電話訂購：如為大量團購可直接撥客服專線洽詢

◎ 如需詳細書目可上網查詢或來電索取。
◎ 客服專線：04-23595819#232　傳真：04-23597123
◎ 客戶信箱：service@morningstar.com.tw

◆讀者回函卡◆

讀者資料：

姓名：_____　　性別：□ 男　□ 女

生日：　　/　　/　　　　　　身分證字號：_____

地址：□□□_____

聯絡電話：_____（公司）_____（家中）

E-mail _____

職業：□ 學生　　　□ 教師　　　□ 內勤職員　□ 家庭主婦
　　　□ SOHO族　□ 企業主管　□ 服務業　　□ 製造業
　　　□ 醫藥護理　□ 軍警　　　□ 資訊業　　□ 銷售業務
　　　□ 其他_____

購買書名：_____

您從哪裡得知本書： □ 書店　　□ 報紙廣告　　□ 雜誌廣告　　□ 親友介紹
□ 海報　　□ 廣播　　□ 其他：_____

您對本書評價：（請填代號 1. 非常滿意　2. 滿意　3. 尚可　4. 再改進）

封面設計_____版面編排_____內容_____文／譯筆_____

您的閱讀嗜好：

□ 哲學　　　□ 心理學　□ 宗教　　□ 自然生態 □ 流行趨勢 □ 醫療保健
□ 財經企管　□ 史地　　□ 傳記　　□ 文學　　　□ 散文　　□ 原住民
□ 小說　　　□ 親子叢書 □ 休閒旅遊 □ 其他_____

信用卡訂購單（要購書的讀者請填以下資料）

書　　　　名	數　量	金　額	書　　　　名	數　量	金　額

□VISA　　□JCB　　□萬事達卡　　□運通卡　　□聯合信用卡

• 卡號：_____　•信用卡有效期限：_____年_____月

• 信用卡背面簽名欄末三碼數字：_____

• 訂購總金額：_____元　•身分證字號：_____

• 持卡人簽名：_____（與信用卡簽名同）

• 訂購日期：_____年_____月_____日

填妥本單請直接郵寄回本社或傳真(04)23597123